U0132873

新编 Xin Bian 十万 Shi Wan 个 为什么 Ge Wei Shen Me

延边教育出版社

图书在版编目(CIP)数据

新编十万个为什么 / 崔钟雷主编.—延吉：

延边教育出版社，2010.10

（智慧书坊）

ISBN 978-7-5437-9061-2

Ⅰ.①新…　Ⅱ.①崔…　Ⅲ.①科学知识—青
少年读物　Ⅳ.①Z228.2

中国版本图书馆 CIP 数据核字（2010）第 200014 号

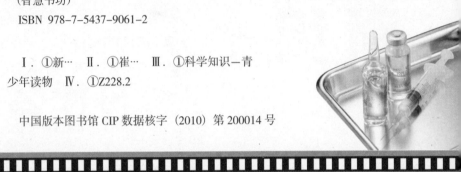

书　　名：新编十万个为什么

策　　划：钟　雷

主　　编：崔钟雷

副 主 编：刘志远　杨亚男　芦　岩

审　　阅：李成熙

责任编辑：金海英

装帧设计：稻草人工作室

出版发行：延边教育出版社（吉林省延吉市友谊路 363 号　　邮编：133000）

网　　址：http://www.ybep.com.cn　　　　电　　话：0433-2913940

　　　　　http://www.tywhcc.com　　　　　　　　　　　0451-55174988

客服电话：010-82608550　82608377

印　　刷：大厂回族自治县正兴印务有限公司　印　　张：3.75

开　　本：880 毫米×1230 毫米　1/32　　字　　数：100 千字

版　　次：2010 年 10 月第 1 版　　　　　书　　号：ISBN 978-7-5437-9061-2

印　　次：2010 年 10 月第 1 次印刷　　　定　　价：10.00 元

前言 Foreword

21世纪是信息时代,知识的更新、科技的发展把人类带进了一个全新的世界。这个世界比人类创造的一切神话都要奇妙,都要令人惊叹。从宇宙的演化、大地的变迁、动植物的进化,到微生物的形态,人们怀着惊奇、喜悦、迷惘的眼光,观察着这个世界,对它的探索和研究一刻也没有停止过。青少年是民族的希望和未来,激发他们的求知欲和探索精神,引导他们进入科学和文化的殿堂是我们的责任。因此,我们精心编纂了《智慧书坊》系列丛书。本丛书涉及广泛,涵盖宇宙、地理、历史、科技、军事、文化等诸多方面的知识与各学科的最新发展成果和动态。

《智慧书坊》整套书文字处理科学严谨,版面设计新颖独特,图片制作精致美观,既有助于提高青少年的阅读兴趣,又有利于他们对知识的吸收和理解。我们衷心希望本丛书能够使青少年读者在人文与科学、幻想与探索中启迪智慧,感受知识的魅力,收获成长的快乐。

编 者

63 人体生活

91 人文科技

古人常用"上知天文，下知地理"来形容一个人的博学。对青少年来说，学习天文地理知识是我们用以打开自然科学殿堂的一把金钥匙。让我们一起去探索宇宙的奥秘，纵览绚烂星空的胜景，学习有关地理景观的常识。

新编十万个为什么

天文地理

你听说过"宇宙岛"吗

Yuzhoudao Ma

Ni TingShuoguo

　　宇宙浩瀚无垠、星系无数，每个星系在宇宙中就如同一片未知海洋中的一个又一个岛屿一般，人们用"宇宙岛"来形象地表示宇宙中的星系。

　　早在 16 世纪末，意大利哲学家布鲁诺就推测恒星都是遥远的太阳，并提出了关于恒星世界结构的猜想。后来人们逐渐认识到遥远的恒星都是能够发光、发热的球体。1750 年，英国人赖特假设天上所有的天体共同组成一个扁平的系统，形如磨盘，太阳就是其中的一员。这就是最早提出的银河系的概念。随着人类科学技术的发展，研究、观测手段的不断进步，到 1924 年前后，仙女星系的发现确凿无疑地证明了在银河系外还有其他与银河系相当的星系。

　　宇宙岛又称"恒星宇宙"或"恒星岛"，这些都是人类对恒星分布的形象比喻。相信随着科学技术的不断进步及科学研究的不断深入，人类对宇宙的认识也会越来越全面。

小百科

　　1755 年，德国哲学家康德在《自然通史和天体论》一书中，发展了赖特的思想，明确提出"广大无边的宇宙"之中有"数量无限的世界和星系"，这就是宇宙岛假说的起源。

为什么 白天看不见星星
Weishenme Baitian Kanbujian Xingxing

晴空万里的白天,仰望天空,火红的太阳发出刺眼的光芒,人们可以真切地感受到它的存在。但事实上,即便是在白天,星体依然存在于宇宙之中。那么为什么人们在白天看不到星星呢?

小百科

天文望远镜是观测天体的重要工具,毫不夸张地说,没有天文望远镜,就没有现代天文学。望远镜加速了人类对宇宙的认识。

原来,在地球上存在着一层厚厚的大气层,当太阳的光线到达地球时,地球大气中的尘埃等微小颗粒会使一部分太阳光向四面八方散射开来,将天空照得十分明亮,我们的眼睛就看不到仅仅发出微弱光线的星星了,因此人们感觉好像星星在白天不存在一样。而月球上没有大气,虽然有强烈的太阳光照射,但也能见到星星在闪烁。在发生日全食时,太阳被月亮遮住,星星就会显现出来。

不过,对于工作在天文台的天文学家来说,白天看到星星却是有可能的。因为天文台有一种天文望远镜,它可以制造"小黑夜"。这种独特的功能可以使局部天空的背景变得暗淡,使恒星的光亮相对增强。这样,星星就可以显露出它的本来面貌了。

什么是哈雷彗星
Halei Huixing
Shenme Shi

▲世界上首次关于哈雷彗星的记载是在公元前613年，记录于《春秋》中。

1682年11月22日晚上，整个伦敦乱成一团，到处可以听到人们惊慌失措的叫喊声和祈求上帝保佑的祷告声。这是怎么回事？原来，这天夜空中突然出现了一个形状奇特的巨形"怪物"——特大彗星，它像一把寒光逼人的利剑，划过深邃的夜空，满天星斗也为之失色。然而，它更像一把倒挂在天际的大扫帚，令人惶恐不安。

这一天，年轻的英国天文学家哈雷也凝望着天空，他并不像人们那样恐惧不安，而是用望远镜仔细地观察着这颗不寻常的星星。他发现这颗彗星与历史上出现过的两颗彗星十分相似。他从历史资料中查到，大约在76年前，即1607年，出现过一颗大彗星，再向前推76年，即1531年，也出现过一颗大彗星。哈雷通过计算证实，这颗彗星的轨道与前两次出现的大彗星的轨道十分相近。于是哈雷大胆地推测，

1682年、1607年和1531年三次出现的大彗星，其实是一颗约以76年为周期绕日运行的彗星。并且他预言，这颗彗星在76年后还会再次出现。1758年，这颗大彗星果然在理论预计的位置上再次出现。可惜的是，哈雷已于1742年去世，未能亲眼看到自己的预言变为现实。

▲彗星中含有很多气体和挥发成分，根据光谱分析，彗星中还含有有机分子。

像大多数彗星一样，哈雷彗星主要由冰物质和岩石物质组成。当它距离太阳较远时，由于温度较低，物质处于固结状态，体积也较小，这一固结状态的物质称为彗核。当彗核向太阳附近运行时，温度逐渐升高，冰物质挥发，便形成了比彗核大得多的"彗发"，看上去像亮斑，大小和亮度也逐渐增大。当它继续接近太阳时，由于太阳辐射和太阳风的作用，彗星开始出现长长的尾巴，而且方向总是背向太阳。

1910年哈雷彗星回归时，天文学家已经计算过，在这年5月的一天，太阳、哈雷彗星和地球会依次形成一线，因而预测哈雷彗星的彗尾足以扫到地球上。当时许多人听到这一消息后都惊慌失措，以为世界的末日即将来临。其实，这个"庞然大物"不会给人类带来任何危险，因为它的质量很小，仅为地球的六亿分之一，所以对地球的引力很微弱，不会改变地球的轨道。而且它的彗尾极其稀薄，密度只有地球表面空气密度的十亿亿分之一，即使彗尾扫过地球，人们也不会感觉到。

1986年，哈雷彗星再一次出现在天空中。

小百科

彗星没有固定的体积，它离太阳较远时，体积很小；接近太阳时，彗发变得越来越大，彗尾变长，体积变得十分巨大。

你知道

Ni Zhidao

陨石雨吗

Yunshiyu Ma

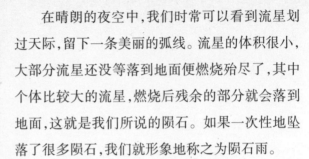

在晴朗的夜空中，我们时常可以看到流星划过天际，留下一条美丽的弧线。流星的体积很小，大部分流星还没等落到地面便燃烧殆尽了，其中个体比较大的流星，燃烧后残余的部分就会落到地面，这就是我们所说的陨石。如果一次性地坠落了很多陨石，我们就形象地称之为陨石雨。

1976 年 3 月 8 日，在我国的吉林市发生了一次非常壮观的陨石雨。当天下午 3 时前后，一颗重达几吨的陨石，如同一个熊熊燃烧的大火球，直直地撞入吉林市的上空，这颗陨石拉开了这次陨石雨的序幕。随后，大大小小的陨石如同雨点一般相继落地，在地面上砸出了许多大小不一的陷坑。

经过专家的鉴定，吉林市的这次陨石雨是世界上分布最广、数量最多、陨石质量最大的一次陨石雨。在短短的几天里，工作人员就搜集到了一百多块质量超过 500 克的陨石。其中最大的一块被命名为"吉林一号"。"吉林一号"陨石重达 1 770 千克，是目前世界上最大的陨石。

小百科

我们把陨星中含石量比较大的称为陨石。陨石一般和地球上的岩石外形十分相似，所以很难辨别。从太空落入地球的物质，坠入地面后 92% 都为陨石。

一般来说,人们在夜空中所见到的闪闪发光的星星大多为恒星,那为什么恒星可以发光呢?行星也可以发光吗?

以往,人们并不了解恒星会发光的原因,直到 20 世纪初,伟大的物理学家爱因斯坦揭开了恒星发光的谜底。原来,恒星的质量巨大,内部温度高达 1 000 万摄氏度,如此高的温度会使物质发生热核反应。在反应过程中,恒星会损失一部分质量,同时释放出巨大的能量。这部分巨大的能量从恒星内部向外部传递,从而使得恒星看上去像在发光。

行星不能发出光芒,这是因为与恒星相比,行星温度较低,而且质量很小,没有能量释放,所以行星不能闪闪发光,一般在夜空中也不容易被看到。

恒星释放出的能量可供人类使用。太阳即为一颗普通的恒星,每秒钟从它表面释放的能量大约是 386 亿焦耳,这些巨大的能量可供人类使用 1 000 万年。

为什么行星不能发光而恒星能发光

Weishenme Xingxing Buneng Faguang
Er Hengxing Neng Faguang

小百科

热核反应产生的能源是当前很有前途的新能源。它是氢弹爆炸的基础,可在瞬间产生大量热能,但目前尚无法加以利用。如能使热核反应在一定约束区域内,根据人们的意图控制,即可实现受控热核反应。

什么是日食和月食

Rishi He Yueshi

Shenme Shi

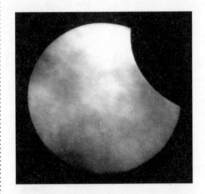

　　太阳系中的地球环绕太阳进行近似圆周的运动，而月球则环绕地球运动。日食和月食正是由这两种运动引起的。当月球运动到太阳与地球之间，并且这三个天体处于同一条直线上时，月球则刚好挡住了来自太阳的光线，这时，日食现象就产生了。而当月球转到地球的后方，并且这三个天体位于一条直线或近似一条直线时，地球则刚好挡住了来自太阳的光线，月食现象就产生了。

　　但是，因为人们处于地球上的位置不同或月球同地球之间的距离不同，人们看到的日食与月食的情况便有所不同。例如，日食就有全食、环食、全环食以及偏食等情况。月球也有全食和偏食之分。

　　发生日食时，月球挡住了太阳，生活在地球上的人便可以看到月球的影子，若此时有人正处在月球本影扫过的地方，那他就会完全看不见太阳，这种现象被称为日全食；若有人站在月球半影扫过的地方,那他则会看到太阳被月球遮住了一部分,这种现象被称为日偏食;当月球距离人们特别远时,处于月影的延长线区域的人们看到的是月球挡住了太阳的中心部分,这种现象被称

为日环食;在一次日食过程中,因为月球到观测点的距离的变化,有些地方可以看到日全食,有些地方可以看到日环食,这便是全环食。

发生月食时,若地球的本影挡住了太阳的一部分光线,人们便只能见到月亮的一部分,这种现象被称为月偏食;若地球的本影完全遮挡住了太阳光线,人们便看不到月亮,这种现象被称为月全食。

日食与月食的发生是有规律可循的,一般情况下,日食在新月朔日时发生,而月食则在满月望日时发生。通常全世界一年会出现至少两次日食,最多时可达到五次。但因为月影扫过地面的区域比较狭窄,所以只有在某一具体地点,才会见到日食,特别是日全食的概率比较小。月食每年大约发生一两次,如果一年中的第一次月食出现在月初,那么就可能有三次机会可以见到月食。但月食并非每年都会出现,大约每五年就会有一年见不到月食。

地球是怎样形成的
Shi Zenyang Xingcheng De
Diqiu

地球是沿轨道围绕太阳旋转的八颗行星中的一颗，太阳是银河系中两千多亿颗恒星中的一颗，而银河系本身也是宇宙中几十亿个星系中的一个。在 120 亿年 ~ 150 亿年前，宇宙就

已经存在了。几十亿年之后，我们所在的银河系形成了，但一直到约 46 亿年前，太阳及其行星家族，其中包括地球，才开始出现。

没有人能够肯定地说出地球是怎样形成的，但许多科学家对曾经可能发生的一系列事件持相同的看法：最初，太阳系只是一团由气体和灰尘组成的云团，在太空中漂流(天文学家们发现，在银河系中，也有其他类似的云团存在)。可能是附近的一颗恒星爆炸，释放出一系列冲击波，导致云团在自己的引力下积聚在一起，形成一个巨大的盘状物。在这个盘状物中，气体和尘埃不停运动，物质不断地落入圆盘的核心，核心则变得比边缘更热、密度更大。这个有着密集能量的核心就是太阳的雏形。

同时，围绕核心旋转的灰尘颗粒也开始聚集，先凝聚成小的岩石，然后像滚雪球一样，变成一个更大的圆石。在这些圆石变成宽几千米的大石头之前，

它们被称为微星。许多微星开始相互撞击,最终组成四颗内层岩石行星:水星、金星、地球和火星,以及"大气团"(木星、土星、天王星和海王星)的岩石核心。

在地球形成早期,它只是一颗光秃秃的行星,有点儿像今天的月球。没有大气层的保护,地球不断地被陨星轮番"轰炸"。陨星是成百万个围绕年轻太阳系快速运动的岩石碎片。这些陨星撞到地面上,有些会凿出巨大的火山口。持续不断的轰炸可能使地球的岩石表面开始熔化,这颗行星变成一个圆形的、极度炽热的熔岩海洋。最终,轰炸停止了,地球表面冷却下来,但是新形成的固体表面同时也将气体裹到了里面。

由于压力越来越大,氢气、二氧化碳、水蒸气和氮气开始穿过火山的表层,喷射而出。上千次的火山爆发在整个地球上肆虐着。各种气体聚集在一起,形成新的大气层,也形成了笼罩这颗行星的云层。

不久,随着太阳的温度开始降低,雨开始下落,那肯定是地球上有史以来持续时间最长的一次大暴雨。水从天空中倾盆而下,持续了数千年,直到地球上的低洼盆地被填满,成为海洋……

地球上的经纬线是怎样确定的

Diqiu Shang De Jingweixian Shi Zenyang Queding De

打开一张地图,或者转动一下地球仪,你就可以发现上面画上了一条条很有规律的线条,它们有的是直线,有的是曲线,这些就是经纬线。

它们的用处可大呢!我们只要能定出经线和纬线,就可以很方便地标示出任何地点的准确位置。特别是在茫茫大海中航行,或者在大沙漠、大森林中,如果要确切地确定当时所处的位置,更是离不开经纬线。

那么,经纬线是怎样确定的呢?

我们已经知道,地球是绕着地轴旋转的。地轴是一根假想的、连接南北两极并穿过地球中心的线,如果我们在地轴一半的地方做一个与地轴垂直的平面,就会像切西瓜一样把地球切成两半,即北半球和南半球,这个平面和地球表面相交的线是一个大圆圈,它是地球上最大的一个圆圈,或称最大纬线圈,地理学上称它为赤道。我们可以朝着北极和南极的方向,在地球上画很多和赤道平行的线条,这些线就叫做纬线。我们把赤道的纬度定为0°,向南和向北各定到90°。赤道以南的叫南纬度,赤道以北的叫北纬度,北纬90°就是北极,南纬90°就是南极。

从北极到南极,又可以在地球表面上画很多半圆,这就是经线。但开始时经度的划分很不统一。起初,各国都以通过本国首都的经线为0°,作为计算经度的起点。1884年,各国在华盛顿开了一次国际经度会议,确定通过当时英国伦敦东南郊的格林尼治天文台的经线为世界上计算经度的共同起点,即定为经度 0°,也叫本初子午线。从这条线算起,向东向西各分 180°,向东的称为东经,向西的称为西经,所以东经 180° 和西经 180° 实际上是同一条线,一般就叫它们 180° 经线。地图上用来区分日期的国际日期变更线,基本上都是以这条线为标准的。

这里有一个办法可以用来大概确定本地的经纬度。晚上,观察天空中北极星高出地平面的度数,这个度数就约等于本地的纬度。例如,在北京看北极星,大约高出地平面 40°,北京的纬度大约就是北纬 40°。经度可用地方时和世界时的时差来计算。例如,北京的地方时比世界时早 7 小时 46 分,我们知道,在地球上,时间每相差一小时,经度就相差 15°。由此可以推测,北京的经度大约是东经 116.5°。

小百科

公元前 334 年,地理学家尼尔库斯发现,亚历山大东征路线由西向东地区的季节变换与日照长短很相仿,于是画出了地球上的第一条纬线。

云可以分为哪些类型
Keyi Fenwei Naxie Leixing
Yun

　　自然界的云往往是不断变化的，不同的季节，不同的时间，云所呈现出的形状也不尽相同。根据形态，云主要可以分为积云、层云和卷云三大类。

　　原来，各种不同形状的云的产生，主要是空气上升运动形式的不同造成的。

　　积状云一般包括淡积云、浓积云和积雨云，它们是积状云不同的发展阶段，主要是由于地面空气受热不均而产生的上升运动形成的。积雨云还有很强的日变化特点，人们可直接利用它来判断天气的变化。

　　层状云是指均匀幕状的云层，包括卷层云、高层云和雨层云。层状云主要是在冷暖空气相遇时，暖空气沿冷空气的斜坡缓缓爬升而形成的。

　　卷状云是指波浪起伏的云层，包括卷积云、高积云和层积云。它们是由空气的多种上升运动产生的。卷状云时而像瓦块，时而像鱼鳞，它们也能预示不同的天气状况。

小百科

　　悬球状云不仅见于积雨云，而且在其他云底，如高层云等云底都可能出现。这种云出现时，可能预兆有降水产生。

　　除上述云状外，还有特殊云状，如碉堡云、悬球状云、絮状云、荚状云等。

夏天为什么常常有雷阵雨
Weishenme Changchang You Leizhenyu
Xiatian

夏天的午后或傍晚，常常使人感到异常闷热，一会儿突然雷声隆隆，电光闪闪，大雨滂沱，天空像发怒了一样。可是，不久后，雷声远去，乌云消散，蓝天与白云相互衬托，显得十分宁静美丽，空气也格外清新，这就是我们在夏天常遇到的一种天气现象——雷阵雨。

小百科

在打雷下雨时，严禁在山顶或者高丘地带停留，更要切忌继续登往高处观赏雨景，不能在大树下、电线杆附近躲避，也不要行走或站立在空旷的田野里。

夏天，在空气中有很多水汽，当地面在强烈的太阳照射下温度升高以后，空气就会向上抬升。水汽被强大的上升空气推送到 1 千米～2 千米的上空以后，就形成了大块的积云。夏天，我们常常看见天空飘动着一小团一小团像棉花球似的云，那就是积云，它们往往是积雨云的前身。空气继续上升，使积云的云块不断加厚、扩大，变成了浓积云。这时如有适当的条件配合，浓积云就会继续向上发展，升到 7 千米～10 千米以上的高空，形成了积雨云。

因为在这几千米厚的积雨云里，蕴藏着大量的水汽、小水滴和冰晶，其中有些小水滴和冰晶在云中随着云体的发展而增大，当上升气流无法托住它们时，就会降落下来。它们通过气温较高的云层时，其中大水滴成为雨滴，大的冰晶就变成了雪花，又融化成为水滴，形成降雨。

由于产生积雨云需要强烈的热力对流，只有在夏季才易于形成，所以雷阵雨常常在夏季出现。又因为热力对流所造成的积雨云扰动很厉害，往往会发生闪电现象，而且其中上升气流时强时弱，一块积雨云过去后，另一块积雨云又移过来，所以雨量时大时小，变化很大，而且是一阵阵的，所以称为雷阵雨。

在大陆上，正午以后，空气温度最高，这时上升运动也最强，所以雷阵雨多发生在午后至傍晚这段时间里。

在海洋上，由于海水比热大，吸收的太阳能量能向深层传递，所以白天接近水面的空气温度不高，整个空气层十分稳定，不容易产生对流性雷阵雨；到了夜间，上层空气冷却，而下层空气在水面的影响下，温度明显高于上层，于是空气变得不稳定，就容易发生对流，易于形成雷阵雨。可见大陆上雷雨天气多半在白天，海洋上雷雨天气则多半在夜间。

为什么 海底会有淡水
Haidi Hui You Danshui
Weishenme

我国闽南的古雷半岛东南有莱屿列岛,距该岛约五百米处的海面上有一片奇异的淡水区,那里被人们称为"玉带泉"。无独有偶,美国佛罗里达州和古巴东北部之间的海区,虽然周围海水的含盐量很高,但中间有一片直径为 30 米的海域,全部是淡水。这里水的颜色、温度、波浪均与周围的海水不同,人们称它为"淡水井"。

为什么海洋中会出现"玉带泉""淡水井"呢?科学家们考察后发现,"玉带泉""淡水井"的海底都有一口喷泉,能够源源不断地喷出强大的淡水流。

海底为什么会有淡水呢?这是因为有些海底在几十万年前是一片陆地,陆地上众多的河流和星罗棋布的湖泊为地下含水层的形成创造了有利条件。后来虽然经历了多次海陆变迁,地下含水层却原封不动地保存了下来。

淡水资源紧缺是当今世界面临的一个重大问题。开发海底淡水资源,无疑会使近海的许多岛屿和沿海城市淡水资源紧张的状况得到缓解。

雨水能喝吗
Yushui Neng He Ma

夏天的时候,骄阳似火,热得让人喘不过气来。一场大雨过后,天空就会朗润起来了,空气也会变得清新,给人一种十分清爽的感觉。可能有的人认为,雨水是从天而降的,它来自大自然,应该很干净,可以直接饮用。但是这种想法是错误的,雨水是不能喝的。

雨水中存在着许多有害物质,它混合了大气中的许多有害气体和粉尘。工厂大烟囱和汽车等每天不断地向大气排放二氧化硫、氮氧化合物、碳氢化合物等有害气体,同时在滚滚的黑烟中,还有许多微小的粉尘、没有燃烧尽的小煤灰渣等,这些气体、灰尘混杂在空气之中。此外,在刮大风时,地面的浮土也会被大风带入空中,这样大气就被污染了。在雨滴凝结和降落的过程中,大气层中的有害气体和粉尘就黏附、溶解在雨滴中,和雨滴一起降落到地面上。

雨水就像清洁工一样,把大气层中的脏东西打扫得干干净净,所以雨后的空气非常清新,天空格外蓝。但是雨水也因此混杂了很多有害气体和灰尘,所以不能喝。

小百科

"雨水"为二十四节气之一,表示天气回暖,雨量逐渐增多。每年2月19日前后,太阳到达黄经330°,为"雨水"节气。

霞是如何产生的

Xia Shi Ruhe Chansheng De

在日出和日落前后，天际常常会被染成红色或橙红色的艳丽色彩，这就是霞。出现在早晨的叫朝霞，出现在傍晚的叫晚霞。

霞是怎样产生的呢？

日出和日落时分，太阳光要通过较厚的大气层才能照射到地平线附近的空中，当阳光通过大气层时，因紫色光和蓝色光波长较短，被散射减弱得最厉害，到达地平线上空时已所剩无几了。余下的光线只有波长较长的红、橙、黄色。这些光线经地平线上空的空气分子、水汽和尘埃杂质的散射后，就形成了我们看到的色彩艳丽、美如画卷的彩霞。

空气中的水汽、尘埃杂质越多，彩霞的颜色就越鲜艳。天上如果有云，这些云也会"染"上艳丽的色彩。

由于霞的颜色和鲜艳程度与大气中水汽的含量、尘埃多少有关，因此，霞的色彩与出没对天气变化有指示意义。谚语说："早霞不出门，晚霞行千里。"就是说朝霞预兆雨天，晚霞预示晴天。

小百科

大气中所含的水汽越多，霞的色彩就会越鲜艳。空气湿度的增加通常发生于坏天气的气旋逼近之前，因此当出现红色或橙色的鲜明的朝霞时，就预示着天气将变坏，当然也可能预示着降水的发生。

为什么火山会喷发
Huoshan Hui Penfa
Weishenme

　　火山喷发是地壳内的岩浆冲出地面时形成的现象。平时，岩浆被地壳紧紧包住。地球内部的温度很高，岩浆沸腾着要冲出去，但是地下的压力很大，岩浆要冲出去也很不容易。在地壳结合得比较脆弱的部分，地下受到的压力比周围轻一些，这里岩浆中的气体和水就有可能分离出来，使岩浆的活动力加强，推动岩浆冲出地面。当岩浆冲出地面时，本来约束在岩浆中的气体和水蒸气便迅速分离出来，体积急速膨胀，于是就发生了火山喷发现象。

　　火山喷发的强弱，与岩浆冲出来的通道是否畅通有很大关系。如果岩浆很稠很黏，再加上火山通道狭窄紧闭，这时就容易被堵塞，地下的岩浆要聚集很大的力量才能冲破它，一旦冲开，就是一场大喷发；但如果岩浆的黏稠度不大，所含气体较少，通道比较畅通，经常有喷出活动，那么就不会有大的喷发。夏威夷群岛上的一些火山，就是这种情况。

　　火山总是分布在那些地壳运动比较剧烈，而且地壳比较薄弱的地方。这种地方不仅陆地

上有，海里也有。海底的地壳很薄，一般只有几千米，有的地方还有地壳的裂缝。所以在海洋底部有不少火山。像在大西洋中部亚速尔群岛附近的卡别林尤什火山，它位于一条巨大的断裂带上，当它喷发时，从深邃的海洋底部涌出炽热的浪涛，使洋面都沸腾了起来。它一直喷发了 13 个月，结果出现了一片好几十平方千米的新陆地，同亚速尔群岛中的法雅尔岛连在一起。像卡别林尤什这样的海底火山地球上还有很多。

火山喷发时有岩浆冲出，而且岩浆活动能力很强。能够不时喷发的火山，在地质学中称为"活火山"。如太平洋中的夏威夷群岛上的基拉维亚火山，千百年来岩浆总在不断地涌出，间或还发生猛烈的爆发，它就属于活火山。有些火山在喷发以后，须要经过相当长的时间在地下聚集起足够的岩浆才能再喷发，当它暂时不活动的时候，称为"休眠火山"。像北美洲西部的喀斯喀特山脉中就有一些这样的火山。还有些火山由于形成时间很早，地下的岩浆已经冷凝，不再活动；或者地下虽然还存在着岩浆，但由于那里地壳坚硬厚实，其中的裂缝差不多都被过去挤入的岩浆凝结堵塞住，岩浆再也喷发不出来了。这些失去了活动能力的火山，被称为"死火山"。例如，非洲坦桑尼亚边境上的乞力马扎罗山，就是一座著名的死火山。从飞机上可以清楚地看到火山口内积着厚厚的白雪。

小百科

火山喷发会对人类的生命和财产造成巨大的威胁，它是一种灾难性的自然现象。但是在火山喷发后，它所喷发的物质能提供丰富的土地资源、热能资源和多种矿产资源。

为什么 高山上的冰雪终年不化

Gaoshan Shang De Bingxue Zhongnian Bu Hua

Weishenme

我国西部祁连山、天山、昆仑山、喜马拉雅山这些高山的山峰上，经常覆盖着冰雪，像戴着一顶"白帽子"，即使到了夏天也不会消失。在热带，有些很高的山峰上也是终年积雪。这是因为高山上气温很低，天气很冷的缘故。

为什么高山上很冷呢？因为山愈高，空气愈稀薄，通过太阳照射得

▲白雪皑皑的山顶。

到的热量容易散失。大致每升高100米，气温就要降低0.6℃左右，因此到了一定高度，气温就会降到0℃以下，冰雪终年不化。处于这个高度的界线，叫做雪线。愈是靠近两极，雪线的位置愈低，因为那里的气温本来就比较低；而在热带，雪线的位置就高了。

在山顶上堆满冰雪以后，阳光照射到这里，由于冰雪表面反射阳光的作用强，一般能够反射50%~90%的光热，大部分的热量被反射掉，就使这里气温无法升高，冰雪不易融化。所以在那些高度超过雪线

的山顶上，终年积雪。当然，这还要有雪在那里降落下来，山顶也要有可以堆积雪片的场所，因此，并不是任何高山上都能够终年积雪。就是那些积雪的山峰上，冰雪也不是绝对终年不化的，在强烈的阳光照射下，也会有一些融化，到了夏天，会融化得多一些。但是不久又有降雪来补充，因而能始终保持着有冰雪存在，并能形成冰川向下运动。

俗话说："冰冻三尺，非一日之寒。"在雪线以上高山顶上的那些"白帽子"，都是雪花慢慢变成的。

当雪刚降落到地面上时，内部疏松多孔，约有 40%~50% 的空隙。在雪线以上山顶的积雪，白天在阳光的照射下，表面融化的水渗入积雪下层，赶走了藏在积雪空隙里的空气，同时雪的重量也能使本身压缩。每到夜间气温降低时，融水和雪冻在一块儿，冰里有雪，雪里夹冰，冻了又融，融了又冻，雪花就变成了半透明的粒状雪。

后来，在粒状雪上又盖上了新雪，压力增加，压缩得更紧，内部的

空隙更小，融点也降低了。粒雪经过不断融化和冻结，终于变成了淡蓝色的冰川冰。日久天长，反复循环，冰川冰一层一层越压越紧，最后成为冰川向山下运动。

地球上的气候不是始终不变的，当整个地球的气温降低时，雪线也会随之降低，能够终年积雪的山头也会增多，冰川规模扩大；如果整个地球气温升高了，情况就恰恰相反了。

为什么"冷在三九""热在三伏"

Lengzaisanjiu Rezaisanfu

Weishenme

　　"冷在三九""热在三伏",这两句谚语是我国人民在长期的生活实践中积累起来的经验。

　　为什么"三九"时最冷,"三伏"时最热呢?

　　这要从当时地面吸收和散发热量的多少来看。冬至的时候虽然地面吸收的太阳辐射热量最少,但由于这时地面散发的热量多于吸收的热量,近地面的空气温度还要继续降低下去,直到地面吸收到的太阳热量几乎等于地面散发的热量,天气才达到最冷的时候。到"三九"以后,地面吸收的热量又将多于地面散失的热量,近地面的空气温度也随之逐渐回升。因此,一年中最冷的时候,一般出现在冬至后的"三九"前后。

　　跟上面的道理一样,夏至以后,虽然白天渐短,黑夜渐长,但是一天当中,白天还是比黑夜长,每天地面吸收的热量仍比散发的热量多,近地面的空气温度也就一天比一天高。到"三伏"期间,地面吸收的热量几乎等于散发的热量,天气也就最热了。所以一年中最热的时候一般出现在夏至后的"三伏"。

为什么

会发生地震

Weishenme

Hui Fasheng Dizhen

地震就是地球最外层地壳（地表）的快速振动，地震在我国古代也被称为地动。地震并不可怕，它就如同下雨、刮风、泥石流、山崩、火山喷发一样，是地球上最常见的一种自然现象。事实上，给人类的生产生活带来极大危害的地震大部分是构造性地震，科学家们对构造性地震的研究也很重视，并已经取得了一定的研究成果。

构造性地震为什么会发生呢？要想找出这个问题的答案，人们必须从地球的结构来分析。按照通俗一些的理解，人们可以把地球的构造想象为一个鸡蛋。这个"鸡蛋"可分为三层：蛋中心是"蛋黄"——地核；蛋黄之外是"蛋清"——地幔；蛋的最外层是"蛋壳"——地壳。绝大多数具有破坏力的浅源地震都发生在最外层地壳的薄弱之处。事实上，地壳是十分坚硬的，一般不会发生断裂或振动，只是由于地球在自转和公转中，产生了一个很大的力度差（地核转速与地表转速不同造成），由此而引发了巨大的地壳应力，从而使一些薄弱的地壳岩层发生变形、断裂、错动……于是便引发了构造性地震。

地震发生的地下源头称为震源。从震源垂

小百科

中国地震主要分布在五个区域：台湾地区、西南地区、西北地区、华北地区、东南沿海和23条大小地震带上。

直向上延伸到地表的地方叫震中,从震中到震源的距离称为震源深度。震源深度小于 70 千米的地震被称为浅源地震;在 70 千米 ~ 300 千米的地震为中源地震;超过 300 千米的地震为深源地震。目前人类已经记录在案的震源深度最深的地震是 1934 年 6 月 29 日发生在印度尼西亚苏拉威西岛东的 6.9 级地震,震源深度达 720 千米。震源越浅,破坏性越大,但波及范围也越小,反之亦然。

除了构造地震以外,由于火山作用,如岩浆活动、气体爆炸等引起的地震称为火山地震。这类地震的总量只占全世界地震总量的 7%左右。

塌陷地震是由地下岩洞或矿井顶部塌陷而引起的地震。这类地震的规模比较小,次数也极少,即使发生,也通常只发生在溶洞密布的石灰岩地区或进行大规模非法地下开采的矿区。

震级是确定地震大小的国际通用单位。我国一般采用里氏震级来记录和测量地震。在科学上,通常把小于 2.5 级的地震称为小地震,将 2.5 级 ~ 4.7 级的地震称为有感地震,大于 4.7 级的地震称为破坏性地震。震级每相差 1 级,地震释放的能量相差就达 30 倍!

由于技术上的限制,目前人类还不能准确地预报地震,因此当浅源地震突然来临时,人类可能会蒙受巨大的损失。但是,随着科学研究的深入,随着人类探测手段的不断提高,准确预报地震一定会在不久的将来实现。

黄山 为什么有那么多的奇峰怪石
Weishenme You Name Duo De Qifeng Guaishi
Huangshan

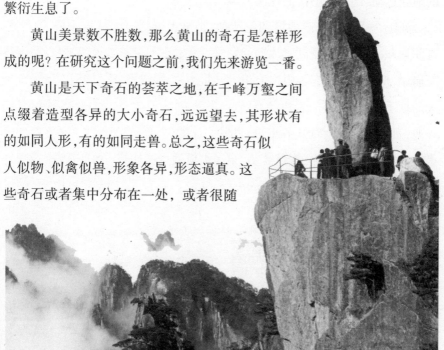

　　黄山位于安徽省黄山市,地跨市内黟县、休宁县和黄山区、徽州区,面积约为一千两百平方千米,是长江流域与钱塘江流域的分水岭。山北青弋江最后汇入长江,山南新安江最后汇入钱塘江。黄山为三山五岳中三山之一。黄山有号称"四绝"的奇松、怪石、云海、温泉,令海内外游人叹为观止。黄山72峰,或峻峭秀丽,或崔巍雄浑,布局错落有致,浑然天成。

　　黄山历史悠久,远在六七千年前,人类就已经在这片美丽富饶的山脉繁衍生息了。

　　黄山美景数不胜数,那么黄山的奇石是怎样形成的呢? 在研究这个问题之前,我们先来游览一番。

　　黄山是天下奇石的荟萃之地,在千峰万壑之间点缀着造型各异的大小奇石,远远望去,其形状有的如同人形,有的如同走兽。总之,这些奇石似人似物、似禽似兽,形象各异,形态逼真。这些奇石或者集中分布在一处,或者很随

▲图为黄山四绝之中的奇松和云海。

意地散布各处，随意中似乎隐藏着某种章法，仿若某位艺术大师奇思妙想的创作……

地理学家经过多年研究，终于弄清了黄山奇石的形成原因。大约在两三亿年前，黄山所在的地方是被称为"古扬子海"的一片汪洋大海。后来，因为海底沉积物的长期堆积，"古扬子海"不断缩小，然后慢慢地露出了陆地，这块陆地便被称做"江南古陆"。大约在两亿年前，当地又发生了一次大规模的地壳运动，"古扬子海"彻底消失，今天的黄山一带成了陆地。

距今 5 600 万年前，地球再次发生大规模的地壳运动，终于使隐伏的花岗岩体露出地面，形成了今天黄山的雏形。

到距今 230 万年前的第四纪冰期，地球上的温度大幅度下降，气候变得非常寒冷，黄山也受到了冰期的影响。冰水渗入花岗岩缝隙，岩石胀裂甚至崩塌，形成各种形态。山顶上积雪终年不化，最终形成了冰川。冰川像巨大的推土机，把山上的岩块沙石铲起，并推送下来；冰川又像锋利的锉刀和斧凿，日夜不停地对峰峦谷壁进行磨蚀、砍凿、雕刻，天长日久，这里就形成了奇峰嵯峨、怪石林立、崖壁陡峭、泉瀑纵横的奇特地貌。由此可见，黄山这幅奇丽画卷是大自然鬼斧神工的杰作。

小百科

黄山集名山之长：泰山之雄伟、华山之险峻、衡山之烟云、庐山之飞瀑、雁荡山之巧石、峨眉山之清凉。

大自然是神奇而美丽的，大自然又是孕育万物的母亲。在地球这个美丽的蓝色星球上，生活着众多可爱的动物和众多奇妙的植物……让我们一起去了解它们的秘密吧！

新编十万个为什么

动植物乐园

动物冬眠的秘密是什么
Mimi Shi Shenme
Dongwu Dongmian De

▲一些啮齿类动物有冬眠的习惯。

冬天一到，刺猬就缩进泥洞里，蜷着身体，不食不动。此时它的呼吸极其微弱，心跳也慢得出奇，每分钟只跳 10 次～20 次。如果把它放入水中，半个小时也死不了。可是一只清醒的刺猬，只要浸在水里 2 分钟～3 分钟，就会被淹死。

冬眠时，动物的神经会进入麻痹状态。有人曾用蜜蜂进行试验，当气温在 7℃～9℃时蜜蜂的翅和足就停止了活动，但轻轻触动它时，它的翅和足还能微微抖动；当气温下降到 4℃～6℃时，再触动它却没有丝毫的反应，显然它已进入了深度的麻痹状态。由此可见,动物冬眠时神经的麻痹程度和温度有密切关系。

冬眠时,动物的体温显著下降,身体内的新陈代谢变得非常缓慢,仅仅能维持它的生命。而且一般动物在冬眠前的脂肪会比平时增加1倍~2倍。这样不仅可以保持体温,更重要的是供给冬眠时体内的消耗。冬眠以后,动物体重会逐渐减轻。如冬眠163天的土拨鼠,体重会减轻35%左右。

那么,为什么每年到一定的时候,动物就会进入冬眠状态呢?

科学家曾经从人工条件下进入冬眠的黄鼠身上抽出血液,注射到另一只活蹦乱跳的黄鼠静脉里,结果,它像被麻醉一样,很快进入昏睡的冬眠状态。

看来,在冬眠动物的血液中,可能含有一种能诱发冬眠的物质。

这种诱发物质是什么呢?

科学家的研究表明,它是一种存在于血清中的颗粒状物质,有时这种物质也会黏附到红细胞上,因而使红

小百科

某些动物在冬季时生命活动处于极度低迷的状态,冬眠是这些动物对冬季外界不良环境条件(如食物缺少、寒冷)的一种适应。蝙蝠、刺猬、极地松鼠等都有冬眠习惯。

细胞也具有了诱发冬眠的功效。

奇怪的是,科学家还发现,在冬眠动物的血液中,还存在着另一种与冬眠物质相对抗的物质。当这种物质在血液中达到一定量时,冬眠的动物便会苏醒过来。

这样看来,动物何时开始冬眠,不仅取决于诱发物质,而且也取决于诱发物质和抗诱发物质比例的变化。科学家们推断,冬眠动物的体内可能一年到头都在"制造"诱发物质,而该诱发物质可能是在进入冬眠前才开始大量产生的,并且其产量呈直线上升的状况,直到春暖花开才逐渐减少。当抗诱发物质在血液中的浓度足以控制诱发物质的时候,动物就会从冬眠中苏醒过来……

至今,人们仍然未完全揭开动物冬眠的奥秘,探索还在继续进行。

昆虫有耳朵吗

Kunchong You Erduo Ma

昆虫到底能不能听到声音呢？曾有人为此进行了一次试验：人们将两门土炮放置在树下，在蝉鸣最响亮时点燃土炮发出巨响，可蝉却像没听见似的，依然在那里高声鸣叫。由此，人们得出了结论：昆虫听不到声音。

其实，昆虫能听到声音，只不过它们的听力范围与人类的听力范围不同罢了。昆虫的耳朵形状各异，且位置也不固定。最简单的昆虫耳朵由一个神经细胞和刚毛组成。此外，还有一种昆虫耳朵由一个凹入体壁的窝及其表面覆盖的薄膜和内部的剑鞘感受器组成。

蝉的耳朵在腹部第二节附近，由厚的鼓膜和 1 500 个剑鞘感受器组成；雄蚊和蚂蚁的听器在触角上，叫琼氏器。在雄蚊的琼氏器中有 30 000 个感觉细胞，这些感觉细胞对 350 赫兹 ~550 赫兹的声波反应最敏感；蟋蟀的听器位于前足胫节上，呈卵形或缝隙状，由鼓膜和 100 个 ~300 个感觉细胞组成。

人们知道昆虫能听到声音和它们接收声音的范围后，便开始研究利用不同频率的声音对害虫进行防治，以减少危害。

小百科

高级动物的耳朵一般都对称地长在头部的两侧。而昆虫的耳朵特别奇怪，它不是长在头上，而是长在身上：有的长在胸部，有的长在腹部，有的长在触角上，还有的长在小腿上。

为什么动物能预报地震
Dongwu Neng Yubao Dizhen
Weishenme

地震是地球内部的能量释放时所产生的震动，经常给人类带来了巨大的灾难和损失。通过长期的地震预报，人们观察到许多动物在地震前有各种异常的反应。为什么这些动物会有异常反应呢？

原来，在地震前会产生各种物理、化学和气象等变化，如地热、地电、地磁、光、地下水化学成分及气候等发生局部变化，即使这些变化是轻微的，也会引起一些动物在生理上和行为上产生异常的行为。目前，已知在地震前有异常行为的动物约有一百多种，包括昆虫、龟类、蛙类、鸟类、哺乳类动物。其中狗、鱼、猫、鸡、猪、马的反应最为明显。

例如，鱼类和一些水生动物能感受到人类不能感受到的超声波和次声波。因此，科学家认为鱼类及其他水生动物在地震前的异常反应，很可能与超声波和次声波有关。地震前，鸟类及家畜出现的异常反应与它们腿部等部位分布的对机械振动感受非常敏感的感觉小体有关。

小百科

很多动物，尤其是穴居动物对震动十分敏感，很多大地震来临前，会有多次规模很小的前震，这些前震可能惊扰了那些对地震敏感的动物。

为什么鲸会喷水

Weishenme Jing Hui Penshui

鲸类有一个"缺点"，那就是鲸虽然生活在水中，却仍要用肺来呼吸。鲸的肺很大，这样大的肺，可以使它不必经常浮在海面上呼吸空气。但是鲸的潜水时间也不能太长，一般过十几分钟后，就须要露出水面透一透气。换气时，鲸先要把肺中大量的废气排出来。由于强大的压力，它喷气时会发出很大的声音，有时竟像小火车的汽笛声。强有力的气流冲出鼻孔时，会把海水带到空中，在蓝色的海面上就出现了喷泉。在寒冷的海洋上，空气比肺内的空气冷，因此鲸肺中呼出的潮湿空气因变冷而凝结成小水珠，也能形成喷泉。鲸在深水里时，肺中空气受到强烈的压缩，压缩的蒸汽扩散，也会形成喷泉。

各种鲸喷出的水柱，其高度、形状和大小是不同的，例如蓝鲸的喷水可达 9 米 ~10 米高，根据不同的水柱不但能发现鲸，还能辨别鲸的种类和大小呢！

小百科

鲸类动物在我国分布很广，而且种类繁多。在我国的海域至今已经发现 9 科、26 属、38 种。有仅一米左右长度的江豚，也有长达 30 米的蓝鲸。我国为了保护鲸类动物，将白鳍豚和中华白海豚列为国家一级保护动物，将其他鲸类动物列为二级保护动物。

为什么孔雀会开屏

Weishenme *Kongque Hui Kaiping*

凡是到过动物园游玩的人，都会被雄孔雀的漂亮羽毛所吸引，尤其是当它正在开屏时，那竖起的金光灿烂的尾屏，显得格外美丽。孔雀为什么会开屏呢？

▲孔雀开屏。

要回答这个问题，我们应该首先了解孔雀在什么季节开屏最频繁。动物学家告诉我们，孔雀开屏最频繁的时候是在3月~4月，这个时候正是它们的繁殖季节。开屏现象和繁殖有密切的关系，是动物本身生殖腺分泌出的性激素刺激的结果，属于一种求偶表现。随着繁殖季节的过去，这种开屏现象就逐渐消失了。

孔雀开屏除了有助于求偶交配外，遇到敌害袭击时也会展开尾羽。尾羽上的一个个大眼斑，如同许许多多大眼睛，突然出现在敌人面前，能起到吓唬对方的作用。

有时孔雀的确会在穿着艳丽服装的游客面前开屏，但这并不是为了"比美"，而是因为大红大绿的服色，还有游客的大声谈笑，刺激了孔雀，引起它们的警惕。这时孔雀开屏，起到一种示威、防御的作用。

小百科

印度又有"孔雀之国"的美誉。自古以来，印度人就非常钟爱孔雀，神庙建筑、器皿上都绘有孔雀图案。在印度民间有很多关于孔雀的传说。公元前4世纪，印度历史上曾出现过著名的"孔雀王朝"，第三代帝王阿育王的统治时期成为了印度历史上最辉煌的时期。

为什么蛇可以吞下比自己头大的食物

Weishenme She Keyi Tunxia Bi Ziji Tou Da De Shiwu

蛇不能咀嚼食物,所以它们通常是将食物整个儿吞下去。不过一般动物都不能够吞食比它的头部还大的食物,而蛇却可以。

蛇为什么可以吞下比自己头还大的食物呢?原因是蛇类头部的骨骼和其他动物的头部骨骼不同。首先,它的下颌可以向下张得很大,因为蛇头部接连到下巴的几块骨头是可以活动的。其次,蛇左右下巴之间的骨头,可连接成活动的榫头,左右下巴以韧带相连,可以向两侧张大,因此蛇的嘴不但上下可以张得很开,而且左右也不受限制,能在一定程度上张得很大,这样就可以吞食比它嘴巴还大得多的食物了。如大蟒蛇有时可以吞下鹿或豹。小型的蛇能够吞下小型的动物,如蛙、鱼、鼠、鸟等。

蛇在吞咽食物时,还是会对其进行一定的加工的。在吞咽时,蛇会靠钩状的牙齿,把食物送进喉头。由于蛇的胸部没有串联住肋骨的胸骨,肋骨可自由活动,所以从喉头下咽的食物,便能够长驱直入到张大的肚皮中。然后,蛇会分泌效力极强的消化液来消化吞进去的猎物。

小百科

通常情况下,蛇是不会主动攻击人的,但是一旦不小心碰到了它的身体,或者不小心踩到了它,它就会本能地进行反击,这样人就很可能中毒。

澳大利亚生活着很多有袋类动物,据统计约有170多种,其种类占世界有袋类动物种类的一半以上。动物学家根据它们的生活习性和形态结构,将它们分成许多种,有袋鼠、袋狼、袋狸、袋貂、树袋熊(又名考拉)、袋鼬、袋鼹等。其中袋狼现已灭绝。

有袋类动物属于低等的哺乳动物。它们没有真正的胎盘,因此胎儿发育不够完全,幼崽出生后会爬入母亲的育儿袋中,用口叼住乳头,靠母体乳腺肌肉的收缩将乳汁射入到幼崽的口中以维持幼崽的继续发育。

哺乳动物按低等到高等依次分为:单孔类(典型代表如鸭嘴兽)、有袋类(典型代表如袋鼠)、真兽类(典型代表如狮子、老虎)。而在澳大利亚以及新西兰却生存着极少的真兽类动物,几乎都是单孔类动物与有袋类动物。这说明生物的进化过程与生物的地理分布有密切的关系。古生物学家们提出了一个较为合理的解释,即澳大利亚地区在狮、虎等真兽类动物产生以前就脱离了大陆而成

为什么大多数有袋类动物都生活在澳大利亚

Weishenme Daduoshu Youdailei Dongwu Dou Shenghuo Zai Aodaliya

态上、行为上的隔离,进而产生一系列的变化。

古生物学家是这样推测的:在距今两亿多年前,地球上各个大陆几乎连成为一大片陆地。当时气候温暖、干旱,原始的哺乳动物——有袋类,就在这块土地上不断地发展起来。而到了距今 7 000 万年的中生代末期,整块大陆逐渐分裂、漂移,最后澳大利亚大陆就与其他大陆隔绝了。澳大利亚大陆分离出来以后,原来所处的地理纬度几乎没有发生变化,气候条件也一直比较稳定,这就为有袋类的生存和繁殖提供了良好的环境。地理上的阻隔使澳大利亚大陆上生存的哺乳动物免于同其他大陆上的真兽类往来接触,进行生存竞争,所以原始的有袋类哺乳动物就在澳大利亚大陆上留存下来,并繁衍至今。

为一块相对孤立的地方。在这里,兽类停留在有袋类及单孔类这些较为低等、原始的哺乳动物这一水平上。

动物种群由于同时受到环境选择、优胜劣汰的自然进化之后,逐渐向不同方向发展,慢慢地形成新物种。而形成新物种的最常见的一种方式便是地理隔离。它在动物进化的过程中起到了很重要的作用。而隔离主要是指地理上的分隔,并由此也逐渐产生动物包括生

小百科

树袋熊的一生以桉树叶为食,桉树叶中含有丰富的纤维素,但同时也含有挥发性毒油。树袋熊的盲肠内含有多种可抵抗毒素的细菌,这些细菌可有效地分解这种挥发性毒油,从而将食物变废为宝,使其成为其生存所需的养分。

为什么 把骆驼称为"沙漠之舟"

Ba Luotuo Chengwei Shamozhizhou

Weishenme

一头骆驼驮 200 千克重的货物，每天走 40 千米，能够在沙漠中连续走 3 天。无负重时，它每小时可跑 15 千米，连续 8 小时不停。因此，用"沙漠之舟"来形容它，是非常准确的。

夏天，骄阳似火，沙漠的气温在 50℃以上，在沙漠里行走，就像走在热锅上一样，寸步难行。然而，骆驼却一点儿也不在乎。它那宽大的蹄子走在沙漠上，就像走平地一样，稳稳当当，不会陷下去。而且骆驼的脚底还长着一层厚厚的角质垫，好像特别的"靴子"，一点儿也不怕烫。

骆驼最大的本领是可以在沙漠中不停地跋涉，能十天半个月不喝水。原来，骆驼在干渴的情况下，有防止水分散失的特殊生理功能。

骆驼巨大的口鼻部是保存水分的关键部位。骆驼鼻子的内层呈蜗形卷，增大了呼出气体通过的面积。

小百科

骆驼是荒漠地带的代表性动物,它们喜欢生活在灌木或荆棘丛生的牧草地带,以荒漠或半荒漠中粗糙的植物为食。骆驼的驼峰内储存着丰富的脂肪,血液中则储存着水分,所以在沙漠恶劣的环境中,骆驼可以依靠脂肪组织的转换获取能量。

夜间,鼻子内层从呼出的气体中回收水分,同时冷却气体,使其低于体温8.3℃。据计算,骆驼的这些特殊能力可使它比人类呼出温热气体时节省70%的水分。

骆驼通常体温升高到40.5℃后才开始出汗。夜间,骆驼往往预先将自己的体温降至34℃以下,低于白天的正常体温。而第二天体温要升到出汗的温度点上,则会需要很长时间。因此,骆驼极少出汗,再加上很少排尿,进一步降低了体内水分的消耗。

沙漠中死于干渴的人,大多是因血液中水分丧失,血液变浓,体热不易散发,导致体温突然升高而死亡。但骆驼却能在脱水时仍保持住血容量。骆驼是在几乎每一个器官都失去水分后,才开始丧失血液内的水分的。

有意思的是,骆驼既能"节流",也注意"开源"。它的胃分为三室,前两室附有众多的"水囊",有储水防旱的功能。所以,它一旦遇到水源,便拼命喝水,除了把水储存在"水囊"中外,还能把水很快送到血液中储存起来,慢慢地消耗。

骆驼在沙漠中长途跋涉,须要储备足够的能量。驼峰中储藏的脂肪,相当于骆驼全身重量的五分之一。当它找不到东西吃时,就靠这两个肉疙瘩内的脂肪来维持生命。同时,脂肪在氧化过程中还能产生水分,有助于维持生命活动所需的水。所以说,驼峰既是"食品仓库",又是"水库"。

▲骆驼分为两种,一种是有一个驼峰的单峰骆驼,另一种是有两个驼峰的双峰骆驼。

为什么北极熊不怕寒冷

Beijixiong Bupa Hanleng

Weishenme

北极是一个冰天雪地的世界,面对如此寒冷的气候,许多大型动物都望而却步,但北极熊却能在那儿快快乐乐地生活。为什么北极熊不怕冷呢?

这是因为北极熊的毛皮与众不同,它的特殊结构可以使北极熊进行自我保暖。

北极熊的毛皮上那一根根白毛就像一根根空心管子,毛内不含有任何色素体。人们之所以认为北极熊的皮毛是白色的,是因为毛管内表面比较粗糙,就像透明的雪花落在地上显出白颜色一样。而且这种毛管能够使紫外光沿着芯部通过,就像一根根畅通无阻的紫外光导管一样。这就是说,北极熊能够把照射在它身上的阳光,包括紫外光,几乎全部吸收以增加自己的体内温度。北极熊有又长、又厚、又密的毛,加上能充分吸收阳光的热量,所以它就不怕北极地区的严寒,它的毛皮也就成了世界上最保暖的毛皮之一。

小百科

北极熊的婚恋方式是非常暴力的,公熊们会因争夺配偶而大打出手,它们常常通过激烈的打斗向异性表达内心深深的爱意。

为何狐狸如此狡猾

Weihe　　Huli Ruci Jiaohua

　　人们一般所说的狐狸又叫红狐、赤狐和草狐。它尖嘴大耳，长身短腿，长着一条长长的大尾巴，全身呈棕红色，尾巴基部长有小孔，能放出一种刺鼻的臭气。在动物世界中，每种动物都必须具有一套自己的生存本领。狐狸是食肉的哺乳动物，体小力弱的狐狸想要生存下去，就必须得掌握一套捕食和躲避敌害的本领，因此在长期的生存斗争中它学会了使用计谋。

　　当狐狸发现猎人捕猎时，它会悄悄地尾随猎人，并在陷阱处留下一种特殊的臭味，以示标记。其他狐狸经过这里时，闻到这股臭味，便知道该处存在危险继而逃之夭夭。另外，当狐狸捕食时，会伪装成各种样子，使猎物放松警惕，如有时装成若无其事或受伤后很痛苦的样子，有时则会装成与同伙打架等，而后狐狸会见机猛地扑向猎物，将毫无防备的猎物收入囊中。

　　狐狸常常使出各种各样的诡计来捕捉食物和避敌，正因如此，久而久之，它们就被冠以"狡猾的狐狸"的称号了。

小百科

　　狐狸有一种非常奇怪的行为：一只狐狸跳进鸡舍，把鸡舍中的鸡全都咬死，最后只叼走一只。有时候狐狸还会在暴风雨之夜，闯入黑头鸥的住处，把数十只黑头鸥全部咬死，却一只也不吃，只叼走一只。人们把狐狸的这种行为叫做"杀过"。

浣熊
Huanxiong
Weihe Xihuan Xidongxi

为何喜欢洗东西

在动物园里，人们常会发现，许多动物拾起游客扔给它们的食物就吃，却很少看见有动物在吃东西前，将食物清洗一下。但是生活在美洲的小浣熊自身有一种"洁癖"，它们会在吃食物以前，把食物放在水中冲洗一下，然后再放到嘴里。难道小浣熊真的是讲卫生吗？

浣熊是单独的一科动物，即浣熊科。浣熊长得一点儿都不像熊。它身躯和四肢都比较细长，鼻子也长长的，脸上有黑斑，身上的毛颜色很多。浣熊的尾巴又长又粗，并且像小熊猫一样饰有黑白相间的环纹。

浣熊大多栖居在树洞里，喜欢白天睡觉，夜里觅食。浣熊吃的东西很杂，像粮食、水果、蔬菜、鱼、蛙、兔、鼠、鸟和小型爬行动物等它们都吃，它们还吃人类饲养的鸡鸭，也会去垃圾堆里找食物。

浣熊喜欢热闹，即使处于闹市中心，它也毫不畏惧，还会像平常一样自在地活动。而且，浣熊特别喜欢闪光的东西。猎人们根据浣熊的这种习性常会在陷阱上悬挂锡纸，浣熊见到亮光，就会跑过来"自投罗网"。

有科学家发现，浣熊也是一种智慧动物。在加拿大古埃尔大学，有一位动物学家作了许多试验证明浣熊会数数。他教一只叫罗基的小浣熊数数。他在5只透明的有机玻璃立方体容器中放上数目不等的葡萄，让小浣熊从中选出装有三粒葡

小百科

浣熊主要生活在北美洲,它们在吃食物之前都要把食物放在水中浣洗,所以得名浣熊。浣熊皮毛的大部分为灰色,眼睛周围为黑色,样子非常可爱。

萄的容器。在试验中,罗基若是选对了,便能得到葡萄吃。试验证明,小浣熊的确很聪明,它发生错误的次数很快就降到了最低。

大家最感兴趣的是为什么小浣熊在吃食物前洗食物呢?由于浣熊在吃东西前,总是喜欢把食物浸到水里不厌其烦地洗。因此,人们亲昵地称它浣熊,"浣"的字面意思就是"洗"。

那是不是浣熊也像人一样讲卫生呢?经过仔细观察,人们发现浣熊并不是爱清洁才洗食物的,因为就算是洗,它们所用的水往往也是

泥水,甚至要比它们获得的食物还脏。可见,爱清洁并不是它们洗食物的原因。对此,一些动物学家这样解释:浣熊只是喜欢玩水中的食物,从中它们能得到很多乐趣。

近年来,又有生物学家提出:其实浣熊吃东西前并不爱清洗,它们在自然界中往往直接将食物吃掉。

有动物学家认为浣熊洗食物的喜好可能是因为到了动物园,浣熊便失去了自由,再也没有机会去水中抓鱼、虾和青蛙。它的本领得不到施展,于是就模仿以前自己"在水里猎食"的样子,但在人们看来,就好像浣熊在洗自己的食物一样。

这样看来,浣熊洗食物并不是因为它讲卫生、爱清洁,而是它自然习性的一种延袭。

放久后的红薯为什么特别甜

Fang Jiu Hou De Hongshu

Weishenme Tebie Tian

有生活经验的人都知道,红薯在刚收获时甜味很淡,经过一段时间的储藏后,红薯的味道才会变得特别甜。这究竟是什么原因呢?

红薯在生长期间,因自身的温度相对较高,所以只积累淀粉,所含糖分很少。同时因为此时的水分较多,所以这时把红薯挖出来吃,红薯的甜味会很淡。如果把红薯储藏一段时间,红薯中的水分就会减少,皮上会起皱纹。水分的减少对于甜度的提高有很大的影响。这主要有两个原因:一是水分蒸发导致水分的减少,红薯中糖的浓度就会相对增加;二是在储

小百科

吃红薯时一定要注意蒸熟煮透。食用红薯不宜过量,中医诊断的湿阻脾胃、气滞食积者应慎食。

藏存放的过程中,水参与了红薯内淀粉的水解反应,淀粉水解变成糖,使得红薯内糖分增多。这样,红薯在储藏久了以后,自然就会越来越甜了。

在中国农村,农民们通常会在地下挖一个地窖,用以储藏红薯。天热时打开窖口降温、换气;天冷时盖住窖口保暖。这种地窖既可达到冷藏的效果,又可以起到保暖的作用。经地窖储藏后的红薯在第二年春天就能作种薯播种了。

为什么颜色也能充当
植物生长的肥料

Weishenme Yanse Ye Neng Chongdang
Zhiwu Shengzhang De Feiliao

最近科学家提出，"颜色"也可作为肥料，而且增产效果十分显著。经科学实验表明，植物叶片在进行光合作用时，叶绿素对太阳光线并不是全部吸收，而是较多地选择吸收红光、蓝光和紫光，对绿光则很少吸收。

作物吸收不同颜色的光线，对它们的生长会产生不同的影响。例如，波长 400 微米～500 微米的蓝紫光，可以激活叶绿体的运动；波长 600 微米～700 微米的红光，不仅能增强叶绿素的光合作用能力，促进植物的生长，还能提高植物的含糖量；而蓝色光，则能增加作物的蛋白质含量；至于橙色光和黄色光，在促进叶绿素的光合作用上，虽然逊色于红色光，但却比紫色光高出 2 倍。

科学家们在有色光对植物光合作用影响的大量研究中得到启发，如果让农作物处在适合的色光中，它们就可以更好地进行光合作用，这样不就可以提高作物的产量吗？

于是，科学家们把目光投向了彩色塑料薄膜。通过有色薄膜，给农作物盖上不同颜色的"被子"，以促进农作物生长发育。

小百科

近年来，颜色对植物生长形态的影响引起了研究人员的重视。经研究发现，红光对植物的生长最有利，绿光次之，而蓝光、紫光则比较适于光合作用。而光合作用对植物自身的生长具有重要意义，它已成为生物生存的重要物质来源和能量来源。

实践证明，如果采用红色薄膜培育棉苗，棉苗不仅株高茎粗，而且根系长，侧根多，叶大而色绿，病害少，为棉花丰产奠定了基础；把黄色薄膜罩在茶树上，茶叶产量提高，香味浓郁；用红色薄膜覆盖甜瓜，瓜的含糖量和维生素成分都有所提高，而且可提前半个月成熟；小麦在红光下，可以加速生长，提高产量；辣椒在白光下生长较好，在红光下则更好；茄子在紫光或紫色薄膜覆盖下，结出的果实既大又多；菠菜在紫色或银色薄膜覆盖下，生长非常迅速；番茄在紫色、橙红色和黄色薄膜下，都可以大幅度提高产量，但以覆盖紫色薄膜的增产幅度最大，达40%以上。

农业科技人员还用

▲颜色的合理利用，可以有效地促进植物的生长，以达到增产增收的目的。

红、绿、蓝、白4种薄膜分别覆盖在早稻秧田上进行育苗试验。结果表明，覆盖蓝色薄膜的秧苗最为理想，苗壮、分蘖多，干物质重量增加。

由此可见，植物生长对光的波长也有一定的选择性。如果采用彩色薄膜滤光技术，可以增强有利于作物生长的色光，达到稳产、高产的目的。所以，从这个意义上讲，颜色也是一种肥料。

真有会跳舞的草吗

Hui Tiaowu De Cao Ma

Zhen You

　　人能跳出优美的舞蹈,许多动物有时也会跳舞,那么在植物界当中会不会也存在着天生的"舞蹈家"呢?其实,在植物王国中,还真有一种神奇的草会跳出曼妙的舞姿,人们称它为舞草。

　　在白天太阳升起时,舞草就开始展示它优美的舞姿了。它的叶片时而向上合拢,时而上下摆动,时而作360°的旋转。同一株草的各片小叶舞动的速度有快有慢,并且相互协作配合。它就像一个舞蹈演员,伴随着音乐节奏,时而热情奔放、时而优雅无比地翩翩起舞,令人赏心悦目、惊叹不已。更令人感到惊奇的是,舞草还像人一样会休息。每到晚上,它就会停止舞蹈,叶柄紧靠着枝干,看上去就像进入了梦乡一样。

　　在中国的华南、西南地区,都可以看到舞草优雅的身姿,在印度、越南、菲律宾、缅甸等国,也可以见到它们。舞草是一种豆科植物,它的一片复叶上生长着三个小叶片,顶叶很大,两侧小叶很小,人们称之为三出复叶,这是豆科植物的特征。如果仔细观察人们便会发现,其实真正展现舞姿的是它的一对侧小叶。那么舞草为什么会"跳舞"呢?

　　白天,舞草的叶片为了获得较多光线,总是朝向太阳或有光亮的地方,随着太阳和光线的移动而变换着它的朝向位置，这样小侧叶便"舞动"起来了。那么，小侧叶的位置又是怎样变换的呢?原来，叶柄基部有一个比较膨大的地方叫叶枕，叶枕的细胞内含有很多水分。当植株受到不同强度的光线照射或者不同的温度感应时，便会把这种信息通过两种生物活性物质传递给叶枕内的细胞，这两种物质能使叶枕内的细胞有的因吸水而膨胀，压力增大，有的因吐水而缩小，压力减小，这样就形成了一个压力差，叶子就会向压力小的那一方转去。

另外，舞草生长在热带，热带地区雨水丰富，气温变化较多。每当气温高时，它的代谢就比较旺盛，叶片舞动便会加快;气温降低时，它的代谢就会减弱，叶片舞动便会变慢。在人们看起来，就像是在时快时慢地跳着曼妙的舞蹈。一旦到了晚上，因为没有了阳光的照射，叶枕外侧的细胞就会失去水份，叶片便会低垂下来。看上去就像是舞草跳了一天的舞后终于停下来休息了一样。

▲舞草是一种多年生落叶乔木，它的神奇之处就是它可以无风自动。

小百科

关于舞草有一个非常美丽的传说。据说古时候，有一个美丽的傣族少女为情所困，最终郁郁而终，她死后化身为美丽的舞草。每当她听到年轻帅气的小伙子在旁边引吭高歌，就会随着歌曲的节拍翩翩起舞。

苔藓为什么喜欢阴暗潮湿的环境

Weishenme Xihuan Yin'an Chaoshi De Huanjing

Taixian

青苔看上去好像一层厚厚的绿毯子。它们一般生长在潮湿的泥土表面、墙壁上、树皮上及阴暗处的石头表面。这些青苔实际上都是苔藓类植物。苔和藓是两种不同的植物。苔一般都是呈叶片状，有的可漂浮在水面上或完全生长在水中；藓有茎、叶的区别，用放大镜看，藓就像一棵微型的草。人们看到的花盆里

的土面上生长的常常是藓。它比苔更耐寒，所以能够在较寒冷的森林、高山、沼泽大片生长。

无论是苔还是藓，大部分都生有假根，而生长在沼泽处的苔藓是没有根的。假根的作用是用来固定苔藓，而不是用来吸收营养。由于假根没有真正的根的结构，所以，吸水能力很弱，其他部位也没有很好的防止水分散失的结构。因此当环境变得干旱时，苔藓不能吸收到足够的水分，进而影响到苔藓植物的生存，甚至导致其死亡。此外，它们在生育后代时，上一代个体产生的精子要在有水的环境下才能游动到有卵细胞的部位，与卵细胞结合成受精卵，从而发育成一棵新的苔藓。所以，苔藓植物要在潮湿的环境下才能正常生长，在繁殖时更离不开水。

下雨的时候，树顶部叶片上的雨水会顺着叶柄、树枝的表皮流下，雨水使树皮湿润并能使这种湿润的状态保持一段时间。同时树皮上还有一种叫皮孔的结构组织，树内多余的水分会通过这个组织蒸发出来，虽然皮孔蒸发的水分不多，但却保证了树皮的长久湿润状态。树皮的表层细胞死亡后会停留在树皮上一段时间，这些死亡的树皮细胞含有很多苔藓生长所需的营养元素，因此，树皮是一个比较湿润且有营养的环境，很适合苔藓植物在那里安家落户。阴暗的石头和潮湿的地面都为苔藓提供了适宜的、湿润的生长环境。所以，苔藓在背光面的树皮上、阴暗处的石头上和潮湿的地面上随处可见。

苔藓喜阴、喜潮湿的这一生活习性也有它独特的利用价值。在国外，如日本、芬兰等国已成功地利用苔藓进行园林造景。因为庭园内树荫下往往阳光不足，一般草不易建造成草坪，不同种类的苔藓植物组合却能良好生长并能形成草坪。这种草坪容易管理，无需修剪维护，也不需要施肥，只要定期除去少量杂草就可以了。

小百科

人们利用苔藓植物对有毒气体十分敏感的特点，将其作为检测空气污染程度的指示植物。有些苔藓植物可以用做肥料，不仅能够增加沙土的吸水性，而且晒干之后也可以作为燃料，用于发电。也有的苔藓植物是很有价值的草药，不仅能够清热消肿，而且还能够治疗皮肤病。

为什么桃、李、杏、梅的种仁不能食用

Weishenme Tao Li Xing Mei De Zhongren Buneng Shiyong

　　夏季，人们常见桃、李、杏和梅等果实，那种甜中带点酸涩的味道令人回味无穷。但是，人们所不知道的是，色香味俱佳的果肉中却包裹着含有剧毒的果仁，误食果仁甚至会对人体产生致命的威胁。

　　种仁中含有苦杏仁甙和其他物质成分，这些物质原本并没有毒，只是在酸性条件下，遇苦杏仁甙水解酶时就产生了含有毒素的物质——氢氰酸。平时种仁中的苦杏仁甙与苦杏仁甙水解酶分别储存，彼此互不干涉。但是若种仁被咀嚼后，里面的细胞结构就会被破坏，苦杏仁甙就可能与苦杏仁甙水解酶混合，再加上胃酸的作用，便产生了一种毒性较大的物质——氢氰酸。种仁中的苦杏仁甙含量较高，而在杏仁中高达 38%。

　　有些水果的种仁可以入药，如杏仁、桃仁等，虽然它们的毒性很大，但与其他几味中药配合后

可以中和一部分毒性，而且中药经过
高温煎煮，苦杏仁甙水解酶会变性失
活，再加上用量较少，所以服用起来并
不会中毒，反而成为了治病的良药。如

桃仁提取液能显著增加大脑血流量，增加犬股动脉的血流量，降低血管的
阻力，有效改善血液流动的状况。桃仁提取物能改善动物的肝脏表面微循
环，从而促进胆汁分泌。桃仁中含有 45% 的脂肪油，可起到润滑肠道的作
用，对治疗便秘十分有效。

　　杏仁的营养价值也非常高，它具有镇咳平喘、消炎和抗肿瘤的作用。此
外，杏仁中还含有能够抑制血糖、血脂升高的物质，对身体有保护作用。而
且有些种仁的苦杏仁甙含量很少，所以误食之后对人体也不会产生什么危
害。一般来说，我国南方出产甜杏仁，即南杏仁，其味道微甜、细腻，多用于
食用，可作为原料加入蛋糕、曲奇、菜肴中；而北方出产的杏仁则属于苦杏
仁，即北杏仁，苦味浓重，多为药用。人们常常能够看到市场上出售杏仁
罐头、杏仁粉等等，可能有人会想，这些食物中是不是也含有毒素呢？其
实，这些由种仁做成的食品在加工时就已经将毒素滤掉了，大家尽可以
放心地食用。

为什么说有的薯块是茎而有的薯块是根

Weishenme Shuo Youde Shukuai Shi Jing Er Youde Shukuai Shi Gen

你可曾注意过，从泥土里挖出来的马铃薯薯块是地下的茎形成的，而番薯的薯块却是由根形成的。

怎么知道这种区别呢？在挖马铃薯的时候，你仔细看看就明白了：你拿一块马铃薯薯块仔细检查一下，就会发现它的表皮上有许多小孔，孔里有芽，孔边上有一道像眉毛般的痕迹，孔和这道痕迹合在一起很像眼睛，因此植物学上称它为芽眼。芽眼里的芽，可以抽出枝叶来。那眉毛般的痕迹是叶子(鳞片形叶)留下的残痕。这些突出的特征，就是一般植物茎的特征。

番薯的薯块虽也能长芽，但是芽的位置很乱，没有排列规律，也没有像马铃薯薯块那种叶子的痕迹，这些都是根的特点。挖番薯的时候就可以看出番薯的薯块是由主根上长出的侧根和不定根膨大而形成的，所以叫做块根。

小百科

马铃薯的营养价值很高，含有大量的蛋白质、脂肪、核黄素，以及胡萝卜素等，而且能为人体提供大量的热量。

为什么 黄山的松树特别奇

Huangshan De Songshu Tebie Qi

Weishenme

黄山以奇松而闻名。黄山的松树奇形怪态，这是松树为适应周围环境，特别是长期以来经受刮风、下雪和低温而形成的。

例如，长在山麓路边的松树，常常多向外伸出枝干，正好与里面的斜坡配合形成奇景。玉屏楼东面的"迎客松"，树并不高，但它的分枝伸出来像条巨臂，犹如打出欢迎客人的手势，让人印象深刻。

在北海的"蒲团松"，树虽不高，但枝叶密集于树冠，几乎不透光，由于紧密的关系，"蒲团松"上面能坐几个人，甚至能放张席子睡觉。这是它常年承受大雪压顶的威胁而形成的。

黄山还有些松树长在悬崖峭壁上，更为奇特。如西海和石笋峰等处的松树，有的枝干伸出几米远，像条长臂；有的枝干卷曲甚至绕至旁边的树后向上生长；有的则倒生向下至十多米之外……如果你细心观察就会发现，峭壁上松树的近根部分从岩石缝中长出来时，只有碗口那样粗，再往上长，树干就会变成盆口那么粗，这是松树与岩石顽强斗争求得生存的最好例证。

小百科

黄山松奇，首先奇在它无比顽强的生命力，黄山的松树是从坚硬的岩石缝里长出来的。它们长在峰顶，长在悬崖峭壁，长在深壑幽谷，郁郁葱葱，生机勃勃。黄山松树还奇在它那特有的天然造型。每一株松树，在长相、姿容、气韵上，各不相同，却都有一种奇特的美。

为什么山脊上的树有的会长成旗的形状

Weishenme Shanjishang De Shu
You De Hui Zhangcheng Qi De Xingzhuang

大多数的树的形状就像是一把雨伞。但你有没有见识过旗形的树呢？在一些高山山脊，或者山坳风口处，就可以看到这种形状的大树。

这些大树生长畸形，只有一侧有枝叶生长，另一侧却没有枝叶，人们称它们为旗形树。旗形树的形成是多方因素促成的。旗形树所在的位置，树木分布比较少。而且终年单向强风吹刮的情况并不普遍，所以旗形树成了奇观。

旗形树是怎样形成的呢？

山脊或山坳周边都是一些山峰和山脉，受它们的影响，山脊或山坳处有可能面临强劲的单向风吹刮。生长在这里的乔木植株，从还是幼苗时起，就受到这种单向风的吹刮，直到长成大树。树木一侧经常受强风吹刮，刚萌发的侧芽由于温度过低而生长缓慢，又因为风带走水分而容易枯死；而背风一侧的侧芽受到的影响比较小，多少能长出一部分侧枝。天长日久，大树就长成了这种畸形的形状，即呈旗形。

小百科

如果把旗形树的树干横切成一个截面可以看到，向风的一侧树干很薄，而背风的一侧很厚。旗形树木材质量差，树木生长极为缓慢。

人体有无数密码,生活中亦有不少疑问,对于这些谜团你是否都了解呢?丰富多彩的大千世界带给了人们诸多疑惑,好奇的心总是无法停止思索的脚步。在此,我们将详细向你揭示身体与生活的秘密,希望在解答疑惑的同时为你的生活点亮一盏明灯。

新编十万个为什么

人体生活

遗传密码是怎么一回事

Yichuan Mima
Shi Zenme Yihuishi

大家知道，电报中的电码是由四个一组的数字组成的。中国通用的电码是用"0,1,2,3……9"这10个阿拉伯数字，取其中四个组成一个汉字。例如"0001"代表"一"字，"6153"代表"请"字……这样，常用的汉字就可从用电码来表示了。显然，当对方邮电局收到这份电报后，还得查阅电码本，把它翻译成汉字，再交给收报人。

奇怪的是生物界的遗传性状，也像电报电码那样，是靠一种特殊的密码传递实现的，人们把这种特殊的密码叫做遗传密码。

遗传密码是怎么一回事呢？

人们现在已经知道，遗传物质存在于细胞的核酸里。核酸有两大类：一类是核糖核酸，简称 RNA；另一类叫脱氧核糖核酸，简称 DNA，它分子里的

小百科

在破译了生物的"遗传密码"之后，科学家们逐渐发展了一种技术——克隆。克隆技术有些类似于人们平时所说的"复制"，其本身的含义是无性繁殖，即由同一个祖先细胞分裂繁殖而成的纯细胞系，该细胞系中每个细胞的基因彼此相同。

糖比 RNA 分子里的糖少了一个氧原子。从绿色植物到各种动物,包括人类在内,都是以脱氧核糖核酸作为遗传物质的。

无论 RNA 还是 DNA,都是由许多核苷酸组成的,一个核苷酸连接着一个核苷酸排列着。DNA 像两条长链似的向右盘旋成双螺旋结构,好像一根麻花一样。

生物在遗传上有特异性和多样性,这和碱基的组成有密切的关系。在 DNA 的核苷酸里含有四种碱基,碱基核苷酸喜欢三个凑在一起,表示一个氨基酸分子,所以三个碱基核苷酸合在一起,好像一个氨基酸“模型”一样。因为,四种碱基核苷酸每次取三个,可排成 64 种“模型”,就可代表所有的氨基酸了。细胞里几万至几十万种蛋白质都是由二十多种氨基酸按不同次序排列而成的。加上 RNA 的来回传递,就可产生任何一种特定的蛋白质,从而达到遗传目的。如果把四种碱基核苷酸比做某种“密码”的字母,把氨基酸比做三个字母组成的密码,那么

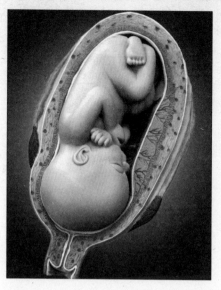

蛋白质就像由许多密码组成的电报,RNA 好像传送电报的邮递员。

更有趣的是遗传密码不但有“字”,而且还有像标点符号那样的起读号和终止号。这就是说,遗传密码还会指示生物体什么时候开始制造某种蛋白质,什么时候停止制造。

人们还可以这样认为:在一粒植物的种子里,早就储存有“父体”“母体”用遗传密码写成的信息。当种子进入土壤后,在不同的时间和条件下,它会发出各种密码信息,指示植物发芽、生根、生长、开花、结果。

如何区分 "真性近视"和"假性近视"

Ruhe Qufen *Zhenxingjinshi He Jiaxingjinshi*

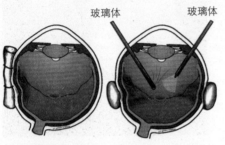

玻璃体　　　　　玻璃体

▲玻璃体对视网膜和眼球壁起支撑作用，是人体眼部的重要组织。

如果看物体时感觉模糊不清，千万不要着急，也不要急着去配眼镜，应该先去医院检查视力，看看你是不是近视，是"真性近视"还是"假性近视"。

那么，"真性近视"与"假性近视"如何区分呢？

正常的眼睛在观察事物时，看远物时不需要调节，而看近物时，就需要调节了。当人近视后，根据眼睛调节的情况，可以把近视分为"真性"和"假性"两种。

"真性近视"就是指眼睛的前后直径（也就是前后长度）超过 24 毫米的正常长度。一般来说，当眼睛的前后直径超过这个长度后就不容易恢复了，也就意味着要提高视力就只有去配眼镜了。

而"假性近视"则是由不良的用眼习惯造成的暂时性现象。如果长期在昏暗的光线下读书，在摇晃的车厢里看报，看电脑靠得太近，躺在床上看书，或是阅读书籍时坐姿不对，离书本太近等，这些都会影响视力，就会使调控眼睛视力的睫状肌高度紧张，以致发生痉挛。在人的眼睛里有一副天然的眼镜——晶状体，它可以根据需要作出调整来改

变眼球聚光焦点的远近，而睫状肌就是促使它变化的动力。当看近物时，睫状肌拼命拉紧，晶状体尽可能向前突出，以满足需要。时间一长，睫状肌就会疲劳，不能轻易恢复原状，从而使视力下降，人就会近视。但这种近视，人们称为"假性近视"。

得了"假性近视"怎么办呢？"假性近视"如果不能得到及时矫正，就会发展成"真性近视"。如果及时纠正了错误的用眼习惯，再配以药物治疗，让眼睛得到足够的休息，睫状肌就会恢复功能，视力通常是可以恢复的。

所以，如果你得了近视，一定要先去医院检查，根据检查的结果采取不同的措施来呵护自己的眼睛。另外，在日常生活中还要注意用眼卫生，注意保护视力。有一双明亮的眼睛也是一个人健康的标志呢！

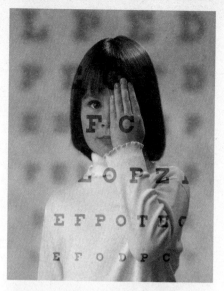

小百科

人们常说眼睛是心灵的窗户，因为科学家发现人的瞳孔是不会"说谎"的，它是生命机能灵敏的显示器，是大脑活动的延伸。一些复杂的心理活动会不自觉地在一个人的眼睛中流露出来。

你了解眼泪吗

Ni Liaojie Yanlei Ma

婴儿的降生，心灵的成长，人生的际遇以及亲人的生离死别，都在泪水中上演、落幕。那么，你知道泪水是什么味道吗？

泪水轻轻滑落，流到嘴里是咸咸的味道。泪水之所以是咸的，是因为其中含有盐分。眼泪中的盐并不是谁放进去的，而是人身体内本身就有的。

那你知道泪水是从哪儿来的吗？在人们眼球的外上方有一个像小拇指指尖那么大的东西，叫做泪腺。它就像个加工厂一样，将含有盐分的血液加工制造成泪水，这样人们的泪水中自然就有盐分存在了，它占泪水总量的 0.6% 左右。

泪水除了可以宣泄情绪外，还能保护人们的眼睛，使眼睛免受细菌、污物的侵害，起到杀菌和消毒的作用。

在形容美人的眼睛时，人们喜欢用"秋波"一词，意思是说她的眼睛像一潭秋水一样明净。秋波似的眼眸正是眼泪的功劳哦！因为泪水在眼球表面能形成一层薄薄的膜，可起到润湿角膜、防止干燥的作用。

小百科

眼泪是一种弱酸性的透明无色的液体，其成分中大部分是水，同时还含有少量无机盐、蛋白质、溶菌酶、免疫球蛋白A等其他物质。

智齿是怎么一回事
Shi Zenme Yihuishi
Zhichi

你知道自己有多少颗牙齿吗？一般认为，人应该有 32 颗牙齿，但只有 28 颗牙的人也很多，其差别就在于长 28 颗牙齿的人都没有长智齿。智齿是指人类口腔内，牙槽骨上最里面的上下左右共四颗第三磨牙。因为这四颗的第三磨牙正好在 20 岁左右时开始萌出，此时人的生理、心理发育已接近成熟，于是这几颗牙被看成是"智慧到来"的象征，故称它为"智齿"。

从生物的进化史人们可以发现，所有的物种从远古一直到现在都在不断进化；但是人的咀嚼器官却恰恰相反，它一直都在不断地退化。随着时间的推移，古人类视力日渐发达，脑与头盖骨亦逐渐扩大，但下颌部分却逐渐向后方缩小退化。至于被推定为最接近人类形体的类人猿——拉马彼特克斯化石的犬齿，比其他类人猿的犬齿还要小，更接近于人类的犬齿。在这一段人类进化的过程当中，便可以了解到人们的下颌随着不断的进化而缩小，而齿数也日渐减少，同时外形也跟着缩小退化。

小百科

智齿，学名第三大臼齿，俗称智慧齿、立事牙、尽头牙，是口腔最靠近喉咙的牙齿。智齿对于咀嚼来说基本没什么功用，一般人选择在其生长的时候把它拔掉。

现在人类所有的 32 颗牙齿当中，正在逐渐退化的便是第三大臼齿，也就是智齿，人们俗称的"立事牙"。其生长在齿列的最后，是口腔最靠近喉咙的地方。虽然智齿正在逐渐缩小退化，

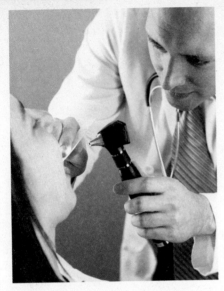

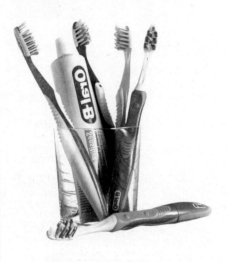

但人体的下颌也在缩小当中，以至于没有足够的空间供其生长，所以智齿通常都是呈横向成长的，或只长一半，有的甚至埋藏于颚骨当中，完全没有长出来。根据个人体质的不同，有的人会长 1 颗~2 颗，长智齿的数量也不同，有的人可能会长 4 颗，而有一些更为极端的例子，那就是经过 X 光检查后，竟没有发现智齿的踪迹。

当智齿呈横向生长时，周围的牙龈常会藏污纳垢，感染细菌，引起红肿发炎，因而造成口腔不易张开，或是在咬合的时候容易咬到牙龈，这样不仅影响到咀嚼，甚至连喉咙部分都会连带的红肿发炎，咽口水时会觉得异常疼痛。而且只要发作过一次，复发的概率就很高，因此智齿长出来后，如果影响到口腔咬合或是造成牙龈发炎疼痛时，就有拔除的必要了。平日要特别留意智齿附近的口腔清洁，避免饭菜渣子留在它的上面，更不要使用不洁的牙签剔牙，以免增加感染的机会。

为什么 春天人容易困倦
Chuntian Ren Rongyi Kunjuan
Weishenme

小百科

春天来临，由于气温变化等原因，人体会感到疲乏，即所谓的"春困"；但如能在饮食上加以调整，可以缓解"春困"，使你精力变得更加充沛。

春天原本是万物复苏、生机勃发的季节，但人为什么反而会困倦欲睡呢？

原来，人体的血液循环有一定的规律，每个脏器的血液供应也有一个相对稳定的数量。一个人是否感觉困倦，与大脑的血液供应量够不够有密切的关系。倘若大脑的血液供应量达不到一定的量，人就容易昏昏欲睡。

漫长的冬天，寒风呼啸，人体自身的防御功能会使皮肤里的毛细血管广泛而又持久地收缩，这样就省下了供应皮肤的血液，省下的血液便会额外地供应给内脏器官，大脑的供血量也就增加了，所以在寒冷状态下的人反而不容易入睡。到了春天，天气变暖和，皮肤里的毛细血管舒张，更多的血液流进了毛细血管里，这就使一部分原先供应内脏的血液流走了，大脑的供血量也就减少了，人就容易困倦。

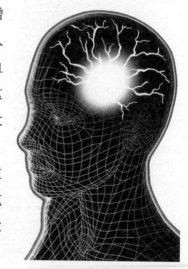

春困不是病，也并非睡眠不足。出现这种现象时，只要脱掉一件衣服凉快一下，或用冷水洗一下脸，或去室外活动一下，困意就会消失。

为什么 大哭时会一把鼻涕一把泪
Weishenme
Dakushi Hui Yiba Biti Yiba Lei

从小到大,你也许已经大哭过几百次,但你有没有想过,在大哭时除了眼泪不断从眼中涌出,鼻子中的鼻涕也会突然增加,出现一把鼻涕一把泪的情况,这是为什么呢?

小百科

医学心理学家认为,哭可以缓解压力,让人的情感抒发出来要比深深埋在心里对人的健康更有利。

为了解开这个秘密,先了解一下眼睛中的泪器吧。泪器是产生眼泪的地方,在不哭的时候,它也在不断地分泌少量眼泪,那是为了湿润眼球。

泪器由两部分组成,一是产生泪水的泪腺;二是让眼泪流出去的泪道,

它通向眼眶,也和鼻腔相通。平时,只有极少的眼泪通过泪道流到鼻腔,因此人几乎感觉不到。但是,当人大哭时,泪器产生的眼泪会大大增加。其中一部分涌到眼眶内流出,也就是人们平时见到的泪水,而另一部分便通过泪道进入鼻腔,再从鼻子中流出。实际上,从鼻孔流出来的是假鼻涕真眼泪。

人说梦话是怎么回事

Ren Shuo Menghua Shi Zenme Huishi

　　有过集体生活经验的人会发现，有的人睡着以后会突然说一些莫名其妙的话。大家都知道，他们说的是梦话，但人说梦话到底是怎么一回事呢？

　　众所周知，人的一切活动几乎都要听从大脑的指挥，所以大脑又被人们称为"人体的司令部"。而这个大脑司令部又分成若干个单位，每个单位分别管理不同的活动，在医学上，人们将这些单位称为中枢。正是大脑的许多中枢管理着人体的各种活动。人在熟睡时，大脑司令部进入一种休息状态，人们将这种状态称为抑制状态。当大脑处于抑制状态时，一些在清醒时可以轻松完成的事情在此时便不能轻易完成了。

　　一般情况下，一个睡着的人是不会说话的，但有些情况则例外。当一个人睡得没那么深时，大脑中的各个中枢的状态并不一样，也就是说，可能大脑的某个中枢在工作，而另一些则在休息，如果负责说话的语言中枢还在工作的话，那么一个睡着的人还有说话的能力，这时他可能就会说梦话。

小百科

　　经常说梦话的人一定要加强锻炼，同时更要注意休息，调节工作、生活所带来的压力。这可能是神经衰弱的表现，只需调整自己的生活节奏，缓解一下压力，适当增加一些锻炼，睡眠质量就会慢慢提高。

为什么人会害羞
Ren Hui Haixiu
Weishenme

小百科

害羞实际上是人的一种正常的生理反应,是人类性情表现的一方面。其一般表现为目光四处游移、耸肩或是坐立不安等。

有些人在与别人交往时,特别是在陌生人、老师或长辈面前,总是感到羞怯和害怕。

人为什么会害羞呢?

首先,这是心理上的原因。害羞的人往往妄自菲薄,十分自卑。其中有的人对自己缺乏信心,过分考虑和担忧自己给别人留下的印象,总是担心别人看不起自己;有的可能在大庭广众之中发言遭到过冷场,或在交往中遇到过挫折,从此一蹶不振。

其次,是生理上的原因。害羞时的生理反应,与紧张状态下的反应完全相同:心跳加快,肌肉紧张,血液中肾上腺皮质激素含量增加,大脑中的去甲肾上腺素和多巴胺水平提高。

第三,是社会的原因。有学者曾作过一番调查,绝大多数被调查的人都认为,男性应有的品质是刚毅,女性应有的品质是温柔,而羞涩、含羞等是女性温柔的一种表现。

怎样克服羞怯心理呢?第一,要增强自信心,充分肯定自己的长处,扬长避短;其次,可以先易后难地多争取一些锻炼机会,比如先在熟人中多发言,然后再扩大范围,增加难度;最后,多接近性格开朗、乐观而热情的人,也有利于克服自身的害羞心理。

当宝宝呱呱坠地时，医生就会在宝宝的手臂上接种疫苗，为什么要接种疫苗呢？

其实，接种疫苗对人体来说非常重要。新生儿的抵抗能力较弱，一旦外界的病菌、毒素侵入体内就非常容易引发疾病，而打预防针恰恰能够增强机体的免疫力，从而抵抗病毒的侵袭。

也许有人会问，为什么打预防针就能预防传染病呢？这是因为，病原菌入侵人体后，人体会产生一种相应的抗体保护自己。当人体痊愈后，这种病原菌会长期停留在体内，以保护机体不受此类病菌的再次侵害。打预防针就是采用人工方法，将能够致病的细菌、病毒杀死，或采取特殊的方法降低细菌的毒性，将其制成疫苗，再把疫苗接种到人体中。这样一来，人体内就会产生抗体了。

一般来说，一种预防针只能针对一种传染病进行有效预防，所以小朋友们在不同的年龄段需要进行多次预防接种才行。而且，打预防针之后，疫苗也不是立刻就能发挥作用的，要经过一段时间后，体内才会慢慢产生免疫力。所以，注射预防针一定要及时。

为什么要打预防针
Weishenme Yao Da Yufangzhen

小百科

预防针就是注射用疫苗。打预防针是一种预防由某些病原微生物感染的传染病的有效手段。人类利用各种疫苗最大限度地控制了疾病的传播，是人类在医学领域的一个杰作。

人会觉得累的原因是什么

Ren Hui Juede Lei De

Yuanyin Shi Shenme

　　每个人都有过累的感觉，人在累的时候会感觉浑身乏力，没有精神，头脑发晕，精神无法集中。那么，人会觉得累的原因是什么呢？

　　当身体产生疲劳时，人自然就会觉得累。人产生疲劳的原因有很多，依据人从事的活动不同而不同。

因此，解释疲劳的学说也有许多种。

　　第一种学说是能量耗竭学说。人从事任何活动都需要能量，当机体缺乏能量时就无法继续活动，就好像一辆电动四驱车，没有装电池，就不能开动，而电池快用完时，车就跑不快甚至跑不动，这就是能量耗竭学说。

　　第二种学说是代谢产物堆积学说。身体利用能源物质燃烧产生能量时，会产生一些物质，叫做代谢产物。正常情况下，机体能够及时消除这些代谢产物，人体的活动不会受到它的影响，不过如果这些产物产生得过多过快，超过正常的消除速度时，这些代谢产物就会在体内逐渐堆积起来，产生一些对身体有害的物质，使身体疲劳。

第三种学说是离子代谢紊乱学说。人体内存在许多离子，比如镁离子、钙离子等，这些离子对维持人体的正常活动发挥着极为重要的作用。它们在身体中都有特定的位置。一般情况下，这些离子都会在其位置上安稳地做自己的工作。如果它们脱离了各自的"工作岗位"，人体的正常活动就会受到影响。这就是离子代谢紊乱学说。人体过度活动就会产生此种疲劳。

大脑是指挥身体运动的主要器官。大脑细胞如果长期处于紧张状

小百科

人在感到疲劳时需要适当地休息，如果不能科学地自我调适和自我保护，身体就容易进入亚健康状态。调查发现，处于亚健康状态的患者年龄多在 18 岁～45 岁，其中城市白领，尤其是女性占多数。

态，就会受到损伤。为了减少这种损伤，大脑细胞也会自动放松一下，不再紧张地接收和发布信息，而是处在懒散的停歇状态，此时人就会感觉疲惫不堪，非常乏力。

对于疲劳的原因，人们给出了众多解释，但至今仍无定论。不过为了自身的健康，人在感到疲惫时，一定要及时休息，如果长时间过度疲劳，人体机能就会受损，还有可能引发多种疾病。

为什么运动后不宜马上喝水
Weishenme Yundonghou
Buyi Mashang Heshui

通常人在剧烈运动后，都会感到口渴。这时很多人都习惯马上喝水，实际上，这种做法对身体很不利。

水是人体所需的重要物质，人体内有很多的水，约占自身体重的70%，这些水分存在于人体的细胞之间，细胞之间的液体叫组织液。血液中的营养物质可以透过血管壁进入组织液，再由组织液进入细胞。营养物质是根据体内盐的浓度不同而进行输送的，血液中盐的浓度比组织液里盐的浓度要高。这样营养物质就会通过血液被送到组织液里。

人在剧烈运动后，或是十分紧张时，会排出大量的汗，此时人体会十分缺水，自然会感到口渴，但若在此时立即饮水就会使血液内的盐度被冲淡，这样营养物质就不能很快地运输到组织液，细胞无法得到足够的营养，人就很有可能出现呼吸急促、心跳加速等状况。

所以，人在运动后饮水时，最好在水里加一点儿盐，使身体内流失的盐分得到补充，以避免出现一些不良状况。

小百科

经常参加运动的人比普通人更需要补充维生素，这是因为充足的维生素供应不仅能提高运动效果、预防运动性疾病，还能使肌肉得到充分的恢复和休息。

为什么 婴儿刚生下来会马上啼哭
Weishenme
Yinger Gang Shengxialai Hui Mashang Tiku

　　哭和笑都是人类情感的流露，但两者表达的意义正好相反。笑通常表示高兴，哭则常常表示悲伤。

　　婴儿刚出娘胎的哭是假哭，或者说是啼。因为这种哭只有声音没有眼泪，而且刚生下来的婴儿根本没什么伤心事要哭。既然婴儿的哭不是真哭，不是伤心悲哀到极点的表现，不是感情的发泄，那么他又为什么要大声啼哭呢？实际上，婴儿的哭意味着他呼吸运动的建立。婴儿出生后如果不哭，就说明婴儿不能正常呼吸或已窒息。因为正常胎儿（还没出生的婴儿）在母体内是不呼吸的，他所需要的氧气和养料都是通过脐带和胎盘直接从母体血液中摄取的。但是，出生后的情况就不同了。婴儿既然脱离了母体独立生活，就必须依靠自己的呼吸活动来吸入氧气和排出二氧化碳，也必须通过自己的血液循环，使血液在全身流通，而且需要自己饮食来摄

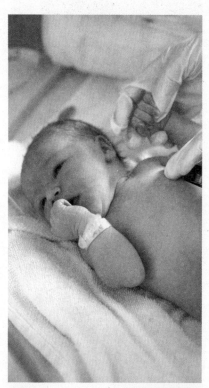

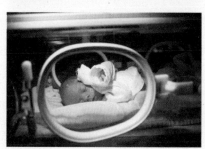

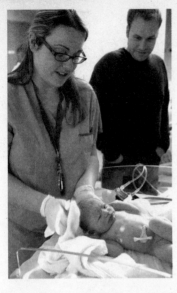

入营养……

空气进入肺脏是由于肺叶的伸缩，而肺叶的伸缩又是因为胸廓的扩大和缩小。当胸廓扩大时，肺叶就跟着扩张，肺内压低于大气压，外界空气就这样进来了。反之，当胸廓缩小时，肺叶也缩小，肺内压高于大气压，肺内空气就被迫排出去了。当胎儿还在母体内时，肺内没有气。这时候的肺还是一团结实的组织，但已在胸腔中充满，因为这时胸廓处于屈缩状态，胸腔还是很小的。婴儿出世后，由于姿势的改变，不再缩手缩脚蜷成一团，原来屈缩的胸廓忽然张开，胸腔立即扩大，肺叶也跟着张开，这时婴儿就吸进了第一口空气。吸气完成后，空气从气管进入肺泡，吸气肌肉群马上松弛，而呼气肌肉群则立即收缩，胸廓由扩大恢复到原来的大小，迫使肺内的空气出去。由于外出的气体具有一定的压力，当它们从肺泡返入气管而经过喉头时，喉头肌肉收缩，喉腔内左右两根声带拉紧靠拢，冲出的气体冲击声带，声带振动就发出了类似于哭的声音。婴儿刚出世的那会儿，多半处于缺氧状态，由于血液中二氧化碳量比较多，刺激和兴奋了呼吸中枢，所以婴儿一般都是大口大口地呼吸。因此，每个婴儿出世以后都要这么"哭"上一阵，等到呼吸活动恢复了正常节律时，也就不再"哭"了。

小百科

人类哭泣之所以特别，是因为哭泣时眼里饱含感情的泪水。动物也会呜咽、呻吟和号叫，但绝不会动情落泪。

现代社会，生活压力越来越大，生活节奏也越来越快。在每天快节奏的生活中，人们需要时刻保持清醒的头脑，咖啡几乎成了现代上班族必不可少的提神饮品。不过，过量饮用咖啡会引发多种疾病，对人体健康有害。

咖啡具有一定的营养价值，咖啡中含有脂肪和镁、钾、铜等矿物质以及 B 族维生素、芳香物等。不过对于不同性格和从事不同工作的人来说，咖啡所产生的作用也不同。对于需要短期记忆且从事复杂工作的人来说，喝咖啡会使他们感到过度兴奋，但随后会感觉相当疲惫。而对于那些需长时间集中精力应付简单工作的人来说，喝咖啡可以刺激大脑，提高工作效率。

同时，科学研究表明：咖啡是那些心脏病和高血压患者的危害因素，喝咖啡会使心脏病和高血压加重。一个人一天摄入的咖啡因应控制在 200 毫克以内。并且儿童及 15 岁以下的青少年不宜喝咖啡，哺乳期妇女不要喝咖啡，中老年人最好也不要喝咖啡，或控制在少量范围内。

为什么 Weishenme 不宜多喝咖啡 Buyi Duohe Kafei

小百科

咖啡的来源已无从考证。传说，咖啡原产于埃塞俄比亚西南部的咖法高原地区。一千多年前一位牧羊人发现羊吃了一种植物后，异常兴奋，因此发现了咖啡。也有传说称，一场野火烧毁了一片咖啡林，咖啡燃烧的香气引起人们的注意从而发现了咖啡。

为什么 自己挠痒不会笑

Weishenme Ziji Naoyang Buhui Xiao

有句俗话说":痛能忍,痒难熬。"

人们不仅会感到痒,而且时常被"痒"烦扰,甚至被搞得坐立不安。

为什么人会觉得痒,感到痒后为什么又会发笑?有人认为:痒是痛点受到轻微刺激引起的,但现在许多科学家对痒引起发笑的原因提出了新的解释。他们认为,胳痒是对皮肤一种轻柔的、有节律的抚摸动作。这种

小百科

人类对痒的反应,是对外界刺激的本能反应,虽然这种刺激没有危险,但是当刺激来临时,注意力集中,因此会感觉痒,而且会本能地躲开。

动作使大脑的感受仿佛是有某种危险来临。例如,这种危险可能是有毒的小虫子甚至是毒蛇在皮肤上爬行,一旦发现并不是那么回事时,大脑中瞬间的反射性恐惧消失了,于是人便放心地、下意识地笑了起来。

那么,为什么自己挠自己的痒时,会不笑呢?这是因为自己胳痒时,思想上已经有了准备,也就是说,大脑在向手指发出指令的同时,也发出一种接受抚摸时不会有危险的信号。既然早知道没有危险,神经就不会紧张,当然也就不会笑了。

紧张时总想上厕所是怎么回事

Jinzhang Shi Zongxiang Shangcesuo Shi Zenme Huishi

大多数人都有过这样的感受：在作报告、演讲或临考前几分钟，会特别紧张，这时可能特别想上厕所。有时也可能因此而受到他人的取笑。人一紧张就想上厕所，这究竟是怎么回事呢？

事实上，这是一种正常的人体生理现象。大脑是我们身体的"总指挥部"，它通过神经来"告诉"身体的某个部位该做些什么。神经是人体中的一种组织，负责传递身体各部分间的信息，它就像电话线一样，把信息从线的这头传到另一头。在正常情况下，人的排尿活动是受大脑神经支配的。

人依靠膀胱来储存尿液。但尿液并不是一产生就被排出体外的，只有当尿液在膀胱内储存到一定量时，才需要排出体外。膀胱的开口部有一种肌肉叫括约肌，当它放松时，尿液排出的通道就打开了，尿液被排出体外；当它收缩时，尿液排出的通道就会关闭，不让尿液排出。在人想要排尿时，大脑会指挥膀胱的肌肉放松，将尿液排出。而通常情况下，膀胱的肌肉是收缩的。因此人们

不会总去厕所。

人在紧张的时候通常想去厕所的原因很简单，主要是人在情绪紧张时会处于相对敏感的状态，只要稍微受到一点儿刺激，就会有很大反应。而且处于紧张状态时，人体中的交感神经与副交感神经都呈现出兴奋状态，于是身体的各种机能都被催促着工作。心跳加快了，排泄、消化器官也马不停蹄地运作着，没过多久，大脑就感觉尿意频频了。所以虽然人想上厕所，但可能实际上并没有尿，或是尿液很少，虽然此时传递给大脑的信息很弱，但大脑也会做出反应，支配膀胱进行排尿。

此外，因为生理与心理有根本的内在联系，许多生理功能的改变都是在心理功能的调控、指挥下进行的。当人的心理处于过度紧张和焦虑的状态时，植物神经系统功能就会出现紊乱，从而引起想上厕所的生理反应。这种生理反应是一种心理功能调控下的正常反应。最好的应对方法是消除过分紧张的心理状态和焦虑情绪，想上厕所的感觉就自然会消失。

通过以上的解释，人们就可以了解为什么人紧张时就想上厕所了。在生理学上，这种生理现象称为生理应激。是人体受到刺激时产生的一系列功能活动改变的状况，实属正常现象。

小百科

心理学家认为，紧张是一种有效的反应方式，是一种应对外界刺激和困难的准备。有了这种准备，便可产生应对瞬息万变的能量。所以紧张并不全是坏事。但是，若紧张状态持续很久，则会严重影响机体内部的平衡，从而导致疾病的产生。所以人们应该学会自我调节。

有的人 会晕车晕船的原因是什么

Youderen *Hui Yunche Yunchuan De Yuanyin Shi Shenme*

在你身边的同学、亲友中,有的人可能会晕车晕船,他们在坐车或坐船时,会出现脸色苍白、头晕目眩,严重者会出现呕吐、浑身出冷汗的症状。为什么有的人会晕车晕船呢?

小百科

有专家指出,治疗晕车、晕船可采用运动锻炼法。通过循序渐进的运动,以增强内耳前庭器官对不规则运动的适应能力,来减轻晕车晕船的症状。

晕车晕船实际上是人体在过度摇晃时身体不适应而表现出来的一种反应性症状。之所以有的人会晕车晕船,是因为在他们体内有一个过度敏感的平衡感受器。人的耳朵内侧的内耳里面,长有一个由半规管、椭圆囊、

球囊组成的前庭器官,它是人体内对自身运动状态和头在空间位置的感受器。有些人的前庭感受器比较敏感,神经系统的反应比较急剧,在受到过强或过长刺激时,会出现前庭植物神经性反应。如在经历剧烈的震荡或摇摆后,会出现皮肤苍白、眩晕、恶心、呕吐等现象。对于这些人来讲,在出行前,一定要作好预防准备。

晕车晕船并不是一种"疾病",而只是一种反应性症状。许多不良反应会随着震荡或摇摆的停止而消失。

为什么说花生有益于养生保健

Weishenme Shuo

Huasheng Youyiyu Yangsheng Baojian

花生具有很高的药用价值和营养价值。它含有丰富的维生素 E、泛酸、生物素、胆碱、甜菜碱等物质，而且还含有很丰富的营养，包含蛋白质、脂肪、钙、铁、磷、胡萝卜素、碳水化合物等物质。

吃花生可以帮助人分解人体肝内的胆固醇，而且能够增强排泄，促进新陈代谢，降低胆固醇含量，对预防中老年人冠心病具有明显的效果。花生仁外皮可以抑制纤维蛋白的溶解，加快血小板的新生，增强毛细血管的收缩功能。所以常吃花生对血小板减少、牙龈出血、肺结核咳血等出血性疾病大有益处。将花生仁放在醋里浸泡 7 天以上，每天晚上吃 7 粒～10 粒，7 天为一疗程，这样可以降低一般高血压患者的血压。花生壳也具有降低血压、调整血液里胆固醇含量的功用。

经常吃花生有益于人体健康，最好经常吃生花生，因为煮熟或者炸熟的花生中的一部分营养成分已经流失，而且熟花生吃多了会感觉油腻恶心，还会引起人体热量增高和上火。

小百科

花生为豆科作物，是优质食用油主要油料品种之一，又名"落花生"或"长生果"。花生是一年生草本植物，起源于南美洲热带、亚热带地区。约于 16 世纪传入中国，19 世纪末有所发展，现在中国各地均有种植。

现代生活水平的提高使人们对粮食的选择更加精细。不过,随着人们对粗粮营养价值的逐渐了解,粗粮又重新被人们端上了餐桌。

谷类食品是膳食中 B 族维生素的主要来源,因为谷物外层 B 族维生素的含量丰富。粮食碾磨得越精细,B 族维生素的损失就越多。因此,营养学家主张人们食用一些糙米和标准面粉,因为其中含有 B 族维生素,能刺激肠蠕动,促进新陈代谢。

粗粮含有丰富的不可溶性纤维素,有利于保障消化系统正常运转。它与可溶性纤维素协同工作,可降低血液中低密度胆固醇和甘油三酯的浓度,增加食物在胃里的停留时间,延迟饭后葡萄糖吸收的速度,降低高血压、糖尿病、肥胖症和心脑血管等疾病的发病风险。

粗粮中含有大量的纤维素,纤维素本身会对大肠产生机械性刺激,促进肠蠕动。食物纤维可以吸收水分,对粪便起到稀释作用,减小了粪便的硬度,因而使形成粪便的废物通过大肠的时间大大缩短,可以预防便秘。正是由于食物纤维能加快排便和稀释粪便,有害物质在肠道内的停留时间缩短了,减轻了有害物质对肠道的刺激,所以它在一定程度上起到了预防结肠癌的作用。医学研究还表明,纤维素有助于抵抗胃癌、乳腺癌、溃疡性肠炎等多种疾病。而且食物纤维在口腔内

为什么适当地吃粗粮
对人体有好处

Weishenme Shidang De Chiculiang
Dui Renti You Haochu

咀嚼时，可以减少附着在牙齿上的食物残渣，有利于防止牙周炎和龋齿。

粗粮还有减肥的功效，以玉米为例，玉米被公认为是世界上的"黄金作物"，它的纤维素要比精米、精面粉高4倍~10倍。玉米中还含有大量的镁，镁可以加强肠壁蠕动，促进机体废物的排泄，对于减肥非常有利。

粗粮虽好，但不可过量食用。一般吃粗粮应循序渐进，突然增加或减少粗粮的进食量，会引起肠道反应。吃粗粮应多喝水，从而保障肠道正常工作。同时，吃粗粮还应搭配荤菜，注意平衡膳食。适当而正确地食用粗粮对人们的健康大有裨益。

小百科

粗粮中同样含有淀粉，但人食入粗粮后不会引起血糖升高，原因在于粗粮的细胞壁不易被人体破坏。

穿牛仔裤对身体有危害吗
Chuan Niuzaiku *Dui Shenti You Weihai Ma*

　　牛仔裤是一种现代裤类名称,是采用一种蓝色粗斜纹布裁制而成的直裆裤,裤腿窄,紧包臀部的长裤。因其最早出现在美国西部,很受当地矿工和牛仔们的欢迎,所以得名牛仔裤。牛仔裤的造型现已成固定格局,一般情况下牛仔裤不分男女均可穿着。

　　如今许多女性喜欢穿牛仔裤。因为牛仔裤穿在身上会显得身材很美。但是牛仔裤是一种非常紧的紧身裤,它对女性健康危害极大。因为女性的阴道黏膜时常会分泌出一种酸性液体,以防止细菌侵入盆腔,尤其是在排卵期女性白带增多的时候更是如此。此时穿上牛仔裤,裤子太紧,不但有碍湿气散发,还会增加出汗量。在湿热的条件下,由于细菌繁殖很快,阴道的分泌液抵挡不住细菌的侵害,从而容易使女性患阴道炎、尿路感染等疾病。

小百科

　　牛仔裤在第一次清洗时不要干洗或是机洗,而且牛仔裤在洗前一定要作好保色处理,不然牛仔裤很快就会褪色;切忌用热水浸泡牛仔裤。

为什么生吃鲜木耳对身体不好
Shengchi Xianmuer Dui Shenti Buhao
Weishenme

木耳是一种真菌。它生长在腐朽的树干上，状似人的耳朵，呈黑褐色，胶质，外面密生柔软的短毛。它具有很高的食用价值和药用价值，还具有美容养颜的功效。和银耳一样，可以做成羹，而且还有补肾益气的作用。木耳在烹饪之后的美味是毋庸置疑的，那木耳可以生吃吗？

科学家们在研究中发现，鲜木耳中含有一种对光线非常敏感的物质，这种物质对人体有一定的危害。如果人食用了这种物质，在受到太阳光照射后容易引起日光性皮炎，暴露在衣服外面的皮肤会因

此出现水肿、瘙痒、疼痛等症状，严重的会出现人体内部组织坏死，甚至可能会因为咽喉水肿导致呼吸困难而死亡。

吃鲜木耳的方式有很多种，我们可以将其放入热水中浸泡一会儿，然后切成丝和海带一起放入煲汤的锅中，也可以切成丝后和花生等在一起凉拌，木耳还可以用来做炒菜，鸡蛋炒木耳和白菜炒木耳都是人们非常喜爱的家常菜。

小百科

木耳中铁的含量极为丰富，故常吃木耳能养血驻颜，令人肌肤红润，容光焕发，并可防治缺铁性贫血。

以古今为经线，传承延续丰富的中华文化；用中外做纬线，横贯串联多彩的世界风情。让我们循着历史的足迹，去探寻历史文化风俗；让我们走近科学，在知识的海洋里遨游驰骋。

新编十万

个为什么

人文科技

剪纸艺术是怎样产生的

Jianzhi Yishu *Shi Zenyang Chansheng De*

▲形象生动的剪纸作品。

古人在发明了纸以后，就开始发挥想象力用剪刀在纸上"精雕细刻"，表达着对美好生活的渴望和赞美，剪出了美丽的图案花纹，由此也就产生了一种淳朴的民间艺术表现形式——剪纸。目前，我国发现最早的剪纸文物是创作于北朝时期的双鹿和几何形团花图案。汉唐时，民间妇女常用金银箔和彩帛剪成由两个菱形相套的方胜及花鸟图形，贴在鬓角处来装点和美化自己。由于剪纸使用的工具和材料简单方便，所以到了宋代以后，剪纸已非常普及，应用范围更加广泛，出现了各式各样的剪纸艺术。就像一滴水珠能映照出太阳的光辉一样，剪纸表现了人们的聪明才智和中华民族淳朴、乐观、健康的性情，富有浓郁的生活气息。

民间剪纸大多以神话、民间传说和广为流传的风情民俗故事，以及《西游记》《水浒传》等古典名著为主要表现题材，构思巧妙，花鸟虫鱼、飞禽走兽、各种人物形象栩栩如生。剪纸用途非常广泛，常和民俗节令、风俗习惯紧密相连，尤其是吉祥图案的运用占了很大比重。

小百科

潮阳剪纸是民间艺术的一朵奇葩，它具有古朴的神韵，同时又不乏秀丽灵动之感。其传统的民间装饰图文深受人们的赞誉。

油盐酱醋的历史是怎样的

Youyanjiangcu De Lishi

Shi Zenyang De

　　油盐酱醋是烹饪的必备之物，在中国的食用和发展已有相当长的一段历史了。

　　在古代，人们称烹饪的油为"膏脂"。所谓"膏"，即已熔化的油；所谓"脂"，指凝固的油。中国最早的膏脂，当然是动物油，也就是荤油。早在商周时代，烹饪中就已使用膏脂。此种用动物油烹饪食物的习惯一直沿袭至今。

　　盐是最基本的调味品。传说是宿沙氏发现了盐，他住在山东半岛滨海地区，"煮海为盐"，即以海水煮盐。考古成果也表明，仰韶文化时期已经开始用海水煮盐了。盐的出现，是人类生活中的一件大事。

　　制酱是我国发酵业中的一项特殊成果。自尧、舜、禹时代已有酱油和豆酱。它含有氨基酸、维生素 B_1 和麸酸钠，能与多种菜肴调和，可增强人的食欲。

　　醋是一种酸味调味品，在中国古代早已有之。古代贵族常食大鱼大肉，为解腻、助消化，便想出制酸。《尚书》称："若作和羹，尔惟盐梅。"当时人们已经发明了用梅子制醋的方法，把专管制醋的官员称为"醯人"。

你了解古人的饮食习惯吗

Ni Liaojie Guren De *Yinshi Xiguan Ma*

　　考古学家发现,距今约一百七十万年的元谋人遗址和距今约七十万年的北京人遗址中,都有原始人群使用自然火的痕迹。据考古学家发现,元谋人遗址的地层里,炭屑灰烬分布厚度约三米,北京人遗址的地层里炭屑灰烬有 6 米。这些灰烬中,最引人注目的便是夹杂其中的烧骨和动物化石。据分析,与元谋人遗址共存的动物化石有四十多种,与北京人遗址共存的动物化石有九十多种。由此不难推断,在掌握了火的使用方法后,处于旧石器时代前期和中期的人类祖先,已经学会了用烧烤这一方式处理采集到的植物和捕获到的飞禽走兽,从而极大地改善了自身的智力和体质。

　　那么,远古的人们是以何种方式来做熟食物的呢?从今天一些少数民族的风俗习惯中,可以看到史前人类烹调的痕迹。居住在西双版纳地区的布朗族人,外出干活儿从不带锅灶。吃饭时,也只是在河边沙滩上挖一个坑,坑里铺上几片芭蕉叶,注入水,投进几尾活鱼,然后在一边燃起篝火,把烧红的鹅卵石放入坑内,再撒点儿盐,水沸鱼熟,就做成了美味的鹅卵石鱼汤。布朗族人还用竹筒煮饭,他们砍来竹子,在一端的节膜上打个洞,放入米和水,堵住口,放入火中烧。等竹节焦黄、蒸汽欲尽时取出。用刀劈开后,香喷喷的米饭就呈现于眼前了。

据甲骨文记载,古代殷人食物的种类相当多,除食牛、羊之外,还食虎、海螺、海贝等。殷人嗜酒,甲骨文中的"饮"字,就好似一个酒鬼,伸长舌头,攀在酒坛的边上。殷商晚期,纣王设酒池肉林,长夜豪饮,酿成亡国之祸。这在历史上是很有名的事件。殷人烹调的方式五花八门,如煮、烤、炖、炒、熏等。各类不同用途的餐具也初具规模。殷人喜欢用镬炖鸟,用釜煮汤,用鬲熬粥。殷墟出土了不少青铜锅、青铜铲,还有很多能切薄肉的青铜刀。殷人的遗址中,还发现了青铜筷、青铜匕首、青铜勺,以及各式各样的青铜厨具。

小百科

商、周时期,鼎成为了礼仪重器。1939年,河南安阳殷墟出土了迄今为止发现的最大的青铜鼎——司母戊鼎。鼎高133厘米,重达875千克,距今约有三千多年的历史。到春秋后期,鼎的制作技艺精湛,而且除了作为炊具使用外还用做食器,同时作为祭祀礼器,在盛大场合使用。

为什么称农历七月初七为「七夕节」

Weishenme Cheng Nongli Qiyuechuqi Wei Qixijie

每年农历七月初七是民间传统的"七夕节"。关于七夕节，有个美丽而浪漫的爱情传说：貌美如花的织女和人品出众的牛郎被银河分开，天各一方。每年七月初七这一天，他们都要相会一次。这一天，白茫茫的银河上架起鹊桥，牛郎织女不远千里赶来相会。

相传，织女是一位心灵手巧、乐于助人的女子。年轻的姑娘们，都趁牛郎织女鹊桥相会之时，向她祈祷，乞求智巧，所以七夕节也叫"乞巧节"。早在汉代，乞巧的习俗就已形成，南北朝以后更是普遍。这天晚上，妇女们摆设香案，放置瓜果，用彩线穿七孔针，虔诚祷告。若是夜里瓜果上结有蜘蛛网，便表示已得到织女的垂青，此人必会心灵手巧。

唐代穿针乞巧的风俗十分盛行，正如一首诗中所写的："长安城中月如练，家家此夜持针线。仙裙玉佩空自知，天上人间不相见。"唐玄宗在宫中祭祀牛郎、织女，赐给嫔妃七孔针和五色线，在月光下，谁先穿完谁就能得巧。由此，"对月穿针"也渐渐成为赛巧的习俗，在民间广为流传。宋代以后，乞巧物出现，乞巧物市场更加丰富了乞巧风俗的内容。富贵人家以结彩乞巧，平民百姓也用竹木麻秆编结乞巧棚。元代以后，不断出现新的乞巧方法，叫"卜巧"。有的妇女在七夕夜抓来小蜘蛛，放在首饰盒或其他器皿里，第二天观察它的结网情况，若疏密有致、方圆得体，便是得巧的征兆。还有

的用碗、盆之类的器皿盛水，放在日光下暴晒，水面上会结一层薄膜，投入一枚绣花针，绣花针会浮在水面上，水底有膜和针的影子，构成各种形状。如果影子呈云状、花状、鸟兽状或呈鞋状、剪刀状，就说明乞得了灵巧；如果影子粗如槌、细如丝或直如轴，就说明没有乞到巧，稚拙依旧。有些地方则用"巧芽"代替绣针，"巧芽"就是预先培育的豆芽或麦芽。有一首民谣称："巧巧芽，生得快，盆盆生，白布盖。今天把你摘下来，姐姐妹妹照影来，又像花来又像菜，看谁心灵又手快。"把古时人们乞巧的美好愿望，描绘得活灵活现。

古代女子对智巧的渴望，全部寄托于七夕乞巧风俗中。新时代的女性已懂得心灵手巧并非乞求能得到的，七夕乞巧的习俗已渐为人们淡忘，但七夕节的来历，人们不会轻易忘记。

小百科

乞巧是七夕节最普遍的习俗。在山东省鄄城、曹县、平原等地的乞巧风俗非常有趣——吃巧巧饭。七个要好的姐妹集粮集菜包饺子，她们将一枚铜钱、一根木针和一颗红枣分别包在三个水饺中，吃到钱的会有福，吃到针的手巧，吃到红枣的则会早日嫁人。

元宵节是怎么来的
Yuanxiaojie Shi Zenme Lai De

关于元宵节的由来，在民间有一个非常有趣的传说：相传在很久很久以前，飞禽走兽非常多，它们四处流窜，伤害人和牲畜，严重破坏了人们的生产生活，于是人们就组织起来去驱赶它们。但是不巧的是，有一只神鸟因为迷路而降落在了人间，却被不知情的猎人意外射死了。天帝知道这件事情后大发雷霆，立即传旨，命令天兵于正月十五到人间放火，把人间的人畜通通烧光，以泄神鸟被杀之恨。

天帝的女儿心地非常善良，她得知这件事情之后，不忍心看百姓无辜受难，于是冒着生命危险，偷偷驾着祥云来到人间，把这个不幸的消息告诉了人们。

众人听说了这个消息，惊慌失措，不知如何是好。这时候，一位睿智的老人想出了一个办法，他说："在正月十四、十五、十六这三天，每户人家都在门前张灯结彩、点燃爆竹、燃放烟火，这样一来，天帝就会以为人间着火了。我们就可以瞒天过海，逃过这一劫难了。"众人听后都点头称是，于是开始分头准备。到了正月十五前后，天帝往下一看，发觉人间一

小百科

元宵节时有些地方还有"走百病"的习俗。参与者多为女性，她们结伴同行，或过桥，或走至郊外，以此来达到祛病除灾的目的。

片红光，响声震天，连续三个夜晚都是如此。天帝以为那是燃烧的火焰，怒气也就消了许多，后来就不再追究此事了。人们就这样保住了自己的性命。从此，每到正月十五，家家户户都悬挂灯笼、燃放爆竹，用以纪念这个"胜利"的日子。

而实际上，元宵节的名字是有一定文化内涵的。在我国古代，人们将农历的正月称为元月，且古人称夜为"宵"。而农历十五又是一年中第一个月圆之夜，所以人们选择正月十五这一天作为庆祝的节日，并且把这一天称为"元宵节"。关于元宵节的历史，可以追溯到两千多年前的西汉时期。在汉文帝时，就已下令将正月十五定为元宵节。汉武帝时，"太一神"的祭祀活动就定在正月十五。汉代创建"太初历"时，也将元宵节定为重大节日。

到了东汉明帝时期，明帝崇奉佛教，听说佛教有正月十五僧人观佛舍利、点灯敬佛的做法，就命令在这一天夜晚，皇宫和寺庙里点灯敬佛，并且命令家家户户张灯结彩。以后，这种传承自佛教礼仪的节日逐渐成为了民间盛大的节日，经历了由宫廷到民间、由中原到全国的发展过程。

腊八节和腊八粥是怎么来的

Labajie He Labazhou

Shi Zenme Lai De

我国传统的腊八节是在农历十二月初八这一天。由于我国传统上将十二月称为腊月，所以自然而然这个节日被称为"腊八节"。

"腊"是我国古代一种祭礼的名称，用于祭祀祖先和天地神灵，以祈求未来的一年能够五谷丰登，家人吉祥、平安。由于祭祀活动常在农历十二月举行，所以又称十二月为腊月。

腊八节中一项古老的习俗一直流传至今，那就是喝"腊八粥"。喝腊八粥已发展成为腊八节特有的节日饮食文化。每逢腊八这一天，上至宫

廷，下至百姓，家家都会做腊八粥以示庆祝。

腊八粥的出现可以追溯到宋代，至今已有一千多年的历史。到明代的时候，腊八粥已成为皇帝赏赐朝臣的节令食品。清代时，这个风俗更为普遍。

腊八节那天，宫里用大锅煮腊八粥，请僧侣们诵经，之后皇帝会赐粥给文武大臣、侍从宫女。在北京的雍和宫中，至今仍保存着当时熬腊

八粥用的大铜锅。腊月初八这天，寺院的僧侣们也要举行隆重的育经及剃度仪式，同时以杂粮、干果等熬制成腊八粥，用来供佛并馈赠给前来参加盛会的僧众。腊月初八那天，连家中养的马、牛、羊、鸡、狗、猪这六畜，也要喂上几勺粥。因为据传说，天庭要在腊日这天派管理牲畜的几个天官下凡，遍查各家六畜的生活情况。给这六畜喂腊八粥，可使它们更加壮实多产。甚至有的地方还要在果树的树干和花枝上涂一些腊八粥，用来祈求明年枝繁叶茂、果实丰收。还有的地方做完腊八粥后，会冷冻一部分，在以后的一段时间内逐日取出来食用，一直吃到腊月二十三祭灶，取来年有余的好兆头。

腊八粥还有一个更好听的名字，那就是七宝五味粥。它是将各种米、豆、干果等混合在一起熬制而成的。由于腊八节的起源还与佛教有关，是佛教的施斋供品，所以又被称为"佛粥""福德粥"。腊八粥不仅香甜可口而且有很高的营养价值。

腊八粥的制作方法比较简单，

先把大麦及各种豆洗净，煮成半熟，再加入大米、小米，最后放入红枣、栗子、莲子、桂圆和糖，用旺火煮熟后，再用温火熬成糊状。煮好后，先盛出几碗，摆在供桌上祭祀祖先，然后再将其装在食盒内分赠亲友，但时间不能晚于中午。最后，全家人才会围坐在一起喝腊八粥。

▲腊八节吃腊八粥是我国传统习俗之一，深受人们喜爱。

你知道蒙古族的"那达慕"大会吗

Ni Zhidao Mengguzu De Nadamu Dahui Ma

"那达慕"大会是蒙古族人民的传统节日，在每年的七八月举行。每到这个时候，人们宰杀牛羊、欢庆丰收，准备各种美味的食品，缝制各种漂亮的新衣裳，举办不同规模的"那达慕"。在"那达慕"大会上，豪爽健壮的蒙古族青年们会举行摔跤、赛马、射箭等传统的体育比赛，整个蒙古大草原上到处洋溢着喜悦祥和的气氛。

"那达慕"在蒙语中是"游戏、娱乐"的意思，它是蒙古族悠久历史传承下来的盛大的传统群众集会，是适应蒙古族人民的生活需要而产生的，并带有极其浓郁的游牧民族特色。

早期的蒙古族人民一直过着"逐水草而居"的游牧生活，他们精骑善射，经常在莽莽的丛林、广袤的草原之中从事狩猎活动。各部落之间为了加强交往，显示自己的实力，每年都要聚会一次，在聚会时会进行各种比赛。因此，"那达慕"在蒙古族人民的生活中占有重要的地位。后来，随着生产的发展，"那达慕"大会的内容也越来越丰富，形式也更加多样，逐渐演变成蒙古族人民盛大的娱乐活动。

据史料记载，蒙古族的"那达慕"大会起源于13世纪初。那时候，蒙古族的首领们每当举行大聚会时，除了制定法规、任免官员、进行奖惩外，还要举行规模较大的"那达慕"大会。当时，"那达慕"大会的主要项目是蒙古族人民喜爱的摔跤、赛马和射箭比赛，并把这三项体育比赛称为"好汉三艺"。

据铭刻在石崖上的《成吉思汗石文》上载：成吉思汗征服了花剌子模，为庆祝胜利，在布哈苏齐海举行了一次盛大的"那达慕"大会，会上举行了射箭比赛。这次比赛中，成吉思汗的侄子叶松吉在335度（庹为两臂伸展之间的距离，约五尺）射中了目标。于1240年成书的《蒙古秘史》中，也有几处较详尽地记述了蒙古族进行射箭比赛的生动场面。可见"那达慕"大会由来已久。

到了元、明时期，在"那达慕"大会上进行蒙古族的"好汉三艺"比赛已经比较常见了。那个时候已经将"好汉三艺"定为"那达慕"大会的固定内容，以鼓乐助威，以颂词激励。当时的颂词中有这样一段："你擎起万钧弓啊，搭上了金色利箭，引弓犹如满月，啪地撒放扣环。你能射倒耸立的高山，

▲摔跤是颇受蒙古族人民喜爱的体育比赛项目。

小百科

哈达是蒙古族日常行礼中不可缺少的物品。献哈达是蒙古族牧民迎送客人和日常交往中使用的礼节。

你能射穿飞翔的大雁，啊，祝颂你啊，生铜熟铁般的力士。"另一段颂词中又说："得心应手的马头琴声，悠扬动听；洁白无瑕的哈达，闪闪发光；传统的好汉三艺比赛，接连不断，蒙古族力士整队上场。"从上述记载和其他民间故事及史诗中对"那达慕"大会的描写，可以看出"那达慕"在蒙古族人民生活中所占的地位非常重要。

发展到现代，"那达慕"大会的内容仍旧包含有传统的"好汉三艺"，并加入了赛布鲁、套马及下蒙古棋等各种民族传统项目，有的地方还加入了拔河、田径、篮球和排球等现代体育项目。使"那达慕"大会的内容更加丰富多彩，大会场面也更加壮观、气氛也更加热烈了。

为什么说茶文化来源于中国

Weishenme Shuo Chawenhua Laiyuanyu Zhongguo

现在,世界上有一百多个国家和地区的人饮茶。而最早发现茶、饮茶的是中国人。相传远古时代有位叫神农的,他既是农业之神,又是医药之神,为了寻找治病救人的草药,他亲自尝遍各种植物。一次,他一天就中了72次毒,幸好他发现了茶这种植物,用它解了自己身上的毒。后来,人们渐渐认识到,茶不但有解毒的作用,而且茶水芬芳扑鼻,饮用后还能利尿、祛痰、消食,还能提神醒脑,是一种医疗价值极高的药材。大约在西汉的时候,茶又发展成为一种饮品,并且已经有了相当规模的茶叶市场。

饮茶习俗的发展与佛教也有一定关系。据说,禅宗达摩面壁修炼的时候,一感到疲倦困顿,就喝一口茶,喝后立刻神清气爽,最终修成正果。这件事影响了佛界,茶便成了僧人们打坐诵经时必不可少的饮品。

在唐代,饮茶更是广为流传,茶叶在人们的生活中已经成了不可或缺的饮品了。为此,嗜茶如命的陆羽,用了毕生精力,撰写了《茶经》一书。这是我国历史上第一部有关茶的著作,书中对茶叶的起源、流传、品种、栽培、采

▲中国的茶道有着悠久的历史。

制等进行了探讨。陆羽也由此被人们誉为"茶圣"，得到后人的尊重。

到了宋代，出现了一句谚语："开门七件事，柴米油盐酱醋茶。"说明茶已与老百姓的日常生活密不可分了。在一切交际应酬场合，茶更是必不可少的待客饮品。客来敬茶，成为很多民族的迎宾习俗，像蒙古族人献奶

茶，藏族人献酥油茶，苗族人献打油茶等。茶叶不仅是招待客人的饮品，而且也是馈赠亲友的礼品，甚至还成为男女的订婚之礼。男方向女方送茶，叫"下茶"或"过茶"；女方接受男方聘礼，叫"受茶"或"吃茶"。过去人们还把婚姻的整个礼仪称为"三茶六礼"。"三茶"就是订婚时的"下茶"、结婚时的"定茶"，以及同房时的"合茶"。

从宋代到明清，饮茶的风气越来越盛，茶叶的品种也越来越多，茶馆、茶室、茶社、茶摊，以及茶坊渐渐遍布城乡。这些地方，人来人往，可以打听到各种消息和新闻。在江浙一带，很多事情，包括谈生意、儿女婚嫁，以及房屋买卖，都是在茶馆里商谈，甚至家庭纠纷、邻里冲突，也在茶馆里商谈解决。所以，茶馆不但是饮茶解渴的地方，更是重要的社交场所。

古代足球是什么样的

Gudai Zuqiu Shi Shenme Yang De

足球是我国古代传统的体育活动。史书上称古代足球为"蹴鞠"。"蹴"意为脚踢，"鞠"即皮球。这项活动在我国有着悠久的历史。据传，黄帝是蹴鞠的创制者，他曾用蹴鞠来训练武士。据三千多年前的商代甲骨文记载，当时已有足球游戏——蹴鞠舞。司马迁《史记》中也描述过战国时齐国临淄（今山东淄博市东北）的蹴鞠活动。汉代的蹴鞠活动有了较大发展。汉高祖刘邦在宫苑内修建了一个很大的校场，称其为"鞠城"。军队中的足球训练是皇帝校阅的重要内容。大将霍去病远征塞外时，常与士兵一起玩蹴鞠，借以振作士气，加强战斗力。汉代的蹴鞠活动已有了一定规范：有固定的蹴鞠赛场，场地两端设有"鞠室"（相当于近代足球的球门），双方各上 12 名队员，以踢进"鞠室"球数的多少定胜负，比赛时还设有裁判。东汉的李尤曾写过《鞠城铭》，专谈裁判的职责，认为裁判应该公正执法，不应有亲疏之别。

早期的足球多用皮革缝成，内充毛发。到了唐朝时，改为气球，即外用皮革制成，内以动物胞囊充气

▲足球源于中国，兴于西方，目前是全世界最受欢迎的体育运动之一。

而成。这是足球发展史上的重大进步。唐代的蹴鞠比赛已由鞠室改为挂网的球门。当时的球门，是用两根长竹竿插在地上，在上半部用绳网拦起来，下半部就成了球门。比赛时，每队有6人上场，1人把门。唐代仲无颜曾作《气球赋》，生动地描绘了比赛时的壮观场面。有个叫韩承义的道士，球技高超，肩部、头部、背部、胸部、腹部，以及膝部等处都能颠球，作各种表演，更能熟练地使球绕着身子转，长时间不落地。到了宋代，蹴鞠活动备受人们欢迎。不过，宋代的比赛规则有所变化，两队攻一个球门。球门设在场地中央，两根十多米高的木桩上拉一张大网，网上有大小三十五厘米左右的圆洞，称为风流眼。球通过风流眼，才算得分。宋代设有宫廷足球队，蹴鞠是在朝廷举办的各种盛会上的表演节目。宋徽宗十分喜欢蹴鞠，在他身为端王时，就常与小黄门（指宦官）一起踢球。据史书记载，每逢宋徽宗生日，宰相、亲王、百官等都要进宫为他上寿，此时也是宫廷足球队大显身手之际。胜者获重金赏赐，败者则要遭鞭打或以黄白粉涂脸。当时还出现了蹴鞠的民间组织——齐云社，并制定了社规。明、清两代的蹴鞠，趋向于个人表演。清代还把踢球和溜冰结合在一起，创造了冰上蹴鞠。

小百科

南宋《武林旧事》记载了历史上的第一份足球"首发名单"。它列出了"筑球三十二人。左军一十六人：球头张俊、跷球王怜、正挟朱选、头挟施泽、左竿网丁诠、右竿网张林、散立胡椿等；右军一十六人：球头李正、跷球朱珍、正挟朱选、副挟张宁、左竿网徐宾、右竿网王用、散立陈俊等。"

随着科技的进步,自动电梯越来越普及。进入电梯,你只要按几个按钮,电梯就会迅速而准确地自动运行,将你送到目的地。

自动电梯能自动运行,是由于它安装了微型计算机控制器,在这个控制器的内部,有预先编好的控制程序,首先它要收集电梯内外的信息,然后进行加工、判断、处理,并发出指令。下面,我们来看一看电梯是怎样自动上升的。

电梯在关门前首先要判断:电梯是否"超载",如果"是"的话,会立即发出"警报",要求退出几个乘客,直到"不超载"为止。此时,电梯才会关门,开始上升。电梯一边上升,一边要判断:到达上一层时,电梯内是否有人要下去?(乘客上电梯时,都需按一下想要到达的楼层按钮。)若有人下,到达上一层时,就自动停下来开门,让乘客上下。若无人下,它还要判断:电梯外是否有人要上电梯?(客人想乘电梯,应在电梯外面门口按相应的按钮。)若有人上,即使电梯内无人下,它也会停下来,自动开门,请乘客上来。之后,继续上升。只有在既无人上,也无人下的情况下,这一层才不停。这个过程周而复始,下降过程与上升过程类似。

为什么 Weishenme

电梯能自动运行 Dianti Neng Zidong Yunxing

小百科

1951年,党中央提出要在天安门安装一台由我国自行制造的电梯,天津从庆生电机厂荣接此任,四个月后不辱使命,顺利地完成了任务。

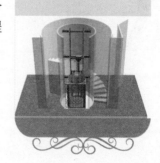

你了解蓝牙技术吗
Lanya Jishu Ma
Ni Liaojie

　　1998 年 5 月，爱立信、诺基亚、东芝、IBM 和英特尔五家著名通信器材生产厂商，在联合开展短程无线通信技术的标准化活动时提出了蓝牙技术，希望提供短距离、低成本的无线传输应用技术。这五家厂商同时成立了蓝牙特别兴趣组，以使蓝牙技术能够成为未来的无线通信标准。那么蓝牙技术到底是一种什么样的技术呢？

　　所谓蓝牙技术，实际上是一种短距离、低成本的无线通信技术。人们利用蓝牙技术，能够简化并且加强掌上计算机、笔记本计算机和移动电话等移动通信终端设备之间的通信，也能够简化以上这些设备与因特网之间的通信，从而使这些现代通信设备与因特网之间的数据传输变得迅速而高效，为无线通信事业拓宽道路。蓝牙技术使得一些易携带的移动通信设备和计算机设备，不需要借助于电缆就能联网，并且能够实现无线上网，其实际应用范围还可以拓展到各种家电产品、消费电子产品和汽车，从而组成一个巨大的无线通信网络。

小百科

　　现今，蓝牙技术的使用已相当普遍。蓝牙技术不仅仅运用于电脑，像移动电话、数码相机、摄像机、打印机、传真机、家电等许多电子设备都可以采用蓝牙技术。目前，蓝牙技术在日常生活中应用最广的就是在支持蓝牙的通话设备上。

为什么 信息传播少不了多媒体
Xinxi Chuanbo Shaobuliao Duomeiti

Weishenme

信息领域中的"多媒体"是指文本、图形、图像、声音、动画与视频等各种媒体和计算机程序融合在一起所形成的一种不同于传统单一媒体的信息传播媒体。

报纸、杂志、书籍、电影、广播在此前都是以各自的媒体进行信息传播的,有的是以文字,有的是以声音,有的是以图像,有的则综合文、图、声、像做媒体。大家熟悉的电视,虽然兼有文、图、声、像各种媒体,但它与信息系统中的多媒体却有着明显的区别。

首先,观众、听众、读者接受传统的电视、电影、广播、书籍、杂志传播的信息是在被动的环境条件下进行的。电影、电视都不会根据某一观众当时的要求临时转向另一个新的相关节目,它只能根据节目的固有流程进行下去。也就是说,它们只能提供直线型的传播方式,人们在接受时很难与它进行交互。例如,在电视中播放《涛声依旧》MV时,我们不能要求它停下来,先让我们读一读唐朝诗人张继的名诗《枫桥夜泊》;而当我们在书中读《枫桥夜泊》这首诗时,也不能从书中看到介绍寒山寺的风景画,或听到《涛声依

多媒体由计算机和视频技术构成。实际上它是两个媒体，即声音和图像，或为音响和电视。它也是由硬件和软件组成的。

旧》的美妙歌声，更无法读到介绍苏州城古今变化的文章。但是，这一切在多媒体系统中却是很容易就能实现的。多媒体在计算机系统的支持下具有交互性，这是它与传统媒体的不同之处。正是这个特性改变了人们使用和接收信息的方式，把人的主动性、积极性和创造性贯穿到日常信息活动中来。

其次，传统的文、图、声、像各种媒体基本上都是以连续的模拟信号进行存储和传播的。而在模拟信号领域要实现交互性非常困难，只有将模拟信号处理成数字信号，才可应用各种数学方法和电脑技术实现这种交互。声音、图像、视频一类媒体经数字化后要处理的数据量很大。随着计算机硬件、超大规模集成电路、大容量光盘存储器、数字信号处理技术，以及高速通信网络技术的发展，人们已成功地把以数字表示的文、图、声、像和计算机程序融为一体，形成了今天广为应用的崭新的多媒体。用这样的媒体传播的信息称为多媒体信息。能够产生、存储、传播多媒体信息的系统称为多媒体系统。由于系统中的信息都是以数字形式出现，具有各自特有的数据结构，其存储、传输、处理和播放的流程都可用程序进行描述和控制，这也使得交互性在技术上比较容易实现。多媒体系统将在现代信息传播中扮演越来越重要的角色。

▲多媒体工作室。

由于地球球面的限制,直射的雷达波无法发现地平线以下运动的目标，如几千千米外洲际导弹的发射。为了解决上述问题,人们利用短波的特性,制造出了新型超视距雷达。

当几千千米以外的导弹发射后，由于它喷出大量的高温气体,使周围的空气产生电离,形成一个很长的电离气体"尾巴"，这个电离气体"尾巴"对无线电波能产生反射。电波经过目标反射后，又回到原来的方向上去，被雷达接收机接收。这样，尽管导弹还在地平线以下，但雷达已经探测到有导弹发射了。在正常情况下，利用电离层一次反射能探测 5 000 千米以外的目标，利用二次反射，发现目标的距离可增加到 8 000 千米以上。由于这种雷达可以探测直视距离以外的目标,所以人们叫它超视距雷达。

小百科

雷达的优点是白天黑夜均能探测远距离的目标,且不受雾、云和雨的阻挡,具有全天候、全天时的特点,并有一定的穿透能力。因此,它不仅成为军事上必不可少的电子装备,而且广泛应用于社会经济发展中。

地面雷达怎样发现地平线以下的目标

Dimian Leida Zenyang Faxian Dipingxian Yixia De Mubiao

昆虫为什么能充当间谍

Weishenme Neng Chongdang Jiandie

Kunchong

　　情报是军事战争取胜的重要前提之一。因此,在现代战争中,为了获取各种情报,人们想出了各种办法,甚至利用昆虫充当间谍。

　　有的国家曾利用臭虫对人体汗味十分敏感的特性,用飞机向丛林布撒大量运载超微型电子装置的臭虫。当臭虫嗅着汗味爬到敌方游击队员身上吸血时,它们背上的微型发射器便会发出信号,这就间接地报告了游击队营地的位置,很快就会引来飞机的轰炸。有的国家也曾"派遣"苍蝇飞进大使馆的办公室窃取情报。

　　为什么这些昆虫能充当间谍呢?原来,随着科学技术的发展,许多仪器已达到相当微型化的程度。人们发明了只有大头针尖那么小的窃听器,把这种微型窃听器装在苍蝇、臭虫等昆虫的背上。使这些负有特殊使命的昆虫飞进或爬进戒备森严的敌方政府机关、军事机关的办公室或指挥所窃取情报。

小百科

　　美国国防部科技计划局研制出一种能够执行间谍任务的电子生物武器。科研人员在甲虫的大脑中植入一个微型的电子芯片,用笔记本电脑对其实施无线遥控。科研人员的报告显示,美军计划利用这种植入设备,通过刺激甲虫的大脑来振动翅膀,以控制甲虫的飞行和降落。

飞机怎样测得自身的速度

Zenyang Cede Zishen De Sudu

Feiji

飞机在空中飞行，驾驶员能随时掌握飞机的速度，这是争取空中主动权的关键。然而，空中没有相应的参照物，飞机怎样来测得自身的速度呢？

▲在空中高速飞行的飞机。

为了随时测出飞机的动压，飞机的机头或机翼上，都装有一根长长的空速管。空速管是由两根管子套在一起组成的，内管（全压管）正前方有个小孔，用来接收飞行时的全压，外管（静压管）壁上有一圈小孔，用来接收飞行时的静压。当飞机速度增大时，飞行的动压自然会随之增大，感受压力的膜盒也会膨胀；当飞机速度减小时，飞行的动压也随之减小，膜盒就会收缩。这样，空速表上的指针便会随着膜盒的膨胀、收缩来显示出飞行的速度了。当飞机停下来时，由于没有动压，全压管与静压管感受的大气压相同，膜盒不再工作，空速表的指针自然回到"零"的位置。

小百科

飞机的飞行速度分为空速和地速。空速就是飞机与空气的相对速度。但由于空气与大地坐标系不能保持相对静止状态，所以又引申出地速的概念。

为什么地铁在城市交通中变得越来越重要

Weishenme Ditie Zai Chengshi Jiaotong Zhong Biande Yuelaiyue Zhongyao

之前曾有人预测，到21世纪初，全世界拥有百万以上人口的城市将增加到四百多个，城市中的传统地面交通因运量小、速度慢，已无法适应客运的需要，而地铁将会变得越来越重要。

地铁与城市中的其他交通工具相比，除了能避免地面的拥挤阻塞和充分利用空间外，还有很多优点。一是运量大。地铁的运输能力要比地面公共汽车大7倍~10倍，是其他任何城市公共交通工具所望尘莫及的；二是速度快。地铁在地下隧道内风驰电掣地行进，畅通无阻，速度比一般地面车辆快2倍~3倍，有的时速可超过100千米；三是无污染。地铁以电为动力，不存在空气污染问题。此外，地铁还具有准时、方便、舒适和节约能源等优点。

地铁车站内大都设有自动售票机和自动检票机，大大简化了乘客购票和出入站的过程。地铁列车上还装有自动停车设备，当司机因疏忽而没有停车时，该设备可强迫列车自动停车，从而确保列车运行安全且准时。列车还能根据地面信号的指示，自动调整速度。地铁调度员在中央控制室通过显示屏监视和控制列车运行，并用电子计算机进行自动指挥。列车在运行中，由于各种原因造成局部混乱时，计算机能及时加以调整，从而迅速恢复正常的运行秩序。

许多国家已在地铁中采用了无人驾驶的先

进技术。这种高度自动化的先进系统,在地铁沿线装设了很多摄像和检测点,其信号及图像均收入控制中心的电视屏幕上和计算机内,整个线路网完全实现自动化。地铁控制中心只有 3 位～4 位工作人员,他们能通过信息反馈进行遥控指挥,真正实现高度自动化。

现代化地铁的发展是令人兴奋的。伦敦、纽约、巴黎、莫斯科、东京等大城市的地下,现在都已构成一个上下数层、四通八达的地铁网,有的还在地下设有商业建筑群和娱乐场所,与地铁一起形成了一个地下城。很多城市的地铁与地面铁路、高架铁路等联合调整铁路网,以解决城市紧张的交通运输问题。地铁现代化的发展,已成为城市交通现代化的重要标志之一。

目前,科学家正在研制一种新型的地铁——超音速地铁,它的构想是在近 100 米深的地下,开出一条地下隧道,然后抽出空气,使之成为真空隧道,列车在其中行进的时速可远远超过音速,高达 2 000 千米。

小百科

建造地铁虽然有很多好处,但是也存在建造成本高、建造周期长等缺点。而且地铁对地震、水灾、火灾和恐怖主义活动等的抵御能力较弱。

智慧书坊 Zhi Hui Shu Fang

基因密码 能对生命进行预测吗

Jiyin Mima　　Neng Dui Shengming Jinxing Yuce Ma

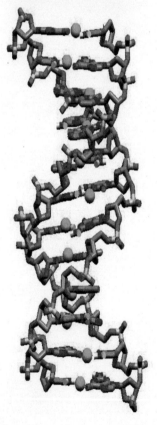

基因是人类生命科学探索的历史中最具震撼力的两个字。很长一段时期内，基因一词并不被人们所接受，不过随着科学技术的发展及科学研究的深入，基因两个字已于20世纪70年代被写进教科书中。现在，大多数的人已对基因有了基本认识，基因概念已在全世界范围内获得了普遍认同。人类基因组计划已与曼哈顿原子弹计划、阿波罗登月计划一同并称为人类自然科学史上的三大计划。基因密码对生命发展的作用将随着研究的深入而显得更加明显。

人们之所以对"基因"二字如此敏感，主要原因之一是基因对生命的预测很有可能被认为是迷信的。通过人的手纹、相貌等破译生命的奥秘和隐私，从科学角度是难以被接受的。基因的发现向人类宣告生命预测是可能的。

法国科学家在对三万名长寿老人进行考察研究后，发现了长寿基因。在对这三万名长寿老人的考察研究中，科学家发现不少研究对象体内带有两种基因的特定变体，这两种特定的变体，能帮助他们应付致命的老年疾病，特别是心脏病和老年痴呆症。这个研究组的负责人科恩博士说,带有这两种特定基因的人,长寿的概率比普通人高2倍。

人的声纹如同指纹一样是长期稳定的密码,任何模仿者都不可能逼真地模仿他人的全部音色和声音中的某些要素。可以说,每个人的音色都是独特的,正如每个人的指纹都与其他人不同一样。即便是双胞胎也不会有完全相同的指纹和音色。

▲人类对基因学的研究还将深入。

据说在不久的将来,在法律允许的情况下,每个人都可以拿到一张自己的基因组图。这张图记录着个人生命的奥秘和隐私。一个孩子可以从这张图上知道他将来是什么性格,是不是色盲,会长多高,会不会秃顶等。由此可见,破译了生命基因就等于破译了生命的基本过程。

人类在研究基因方面正在进行着不懈的探索。相信未来生命基因的破译会对生命预测发挥重要的作用。

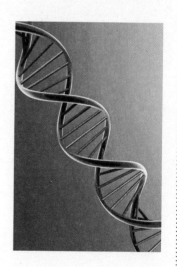

小百科

将人工分离和修饰过的基因导入到生物体基因组中,由于导入基因的表达,引起生物体的性状的可遗传的修饰,这一技术称之为转基因技术。经转基因技术修饰的生物体在媒体上常被称为"遗传修饰过的生物体"。